行走的境界

段立生 著

XINGZOU DE
JINGJIE

广西人民出版社

图书在版编目（CIP）数据

行走的境界 / 段立生著.—南宁：广西人民出版社，
2018. 2
ISBN 978-7-219-10458-3

Ⅰ.①行… Ⅱ.①段… Ⅲ.①散文集－中国－当代 Ⅳ.
①I267

中国版本图书馆CIP数据核字（2017）第 268573 号

策划编辑　覃结玲
责任编辑　覃结玲
责任校对　唐柳娜
装帧设计　李彦媛
印前制作　麦林书装

出版发行　广西人民出版社
社　　址　广西南宁市桂春路 6 号
邮　　编　530028
印　　刷　广西民族印刷包装集团有限公司
开　　本　880mm×1230mm　1/32
印　　张　7.5
字　　数　160 千字
版　　次　2018 年 2 月　第 1 版
印　　次　2018 年 2 月　第 1 次印刷
书　　号　ISBN 978-7-219-10458-3
定　　价　30.00 元

他　序

　　对于一个行者来说，"诗和远方"是最好的自我安慰。而对于段立生先生来说，行走就具有了精神炼狱般的意义，也就是余秋雨先生所说的"文化苦旅"。但段先生又不像余先生，因为从一部《行走的境界》里，我读不出一个"苦"字来。相反，段先生带给我的是一种喜悦，这种喜悦就像朱熹说的"问渠哪得清如许，为有源头活水来"的感觉。

　　说到"境界"，我们都会想起王国维的"三境界"说。行走有没有三重境界或者多重境界？肯定是有的。但行者无心，言者有意，无论哪种说法，恐怕都难以服众。说到段立生先生的行走境界，我只能说，那是一种我们曾经在法显、玄奘、徐霞客身上看到过的境界。

　　对于一个行者，最有意义的不是走过什么地方，而是给没有去过这个地方的人以无限的遐想。从更广阔的意义来说，行者是在这个世界上特立独行的人，他们在这个世界上行走的脚步，会给后来者以前行的力量。

段立生先生的行走是从美国开始的。至于《行走的境界》一书为什么以《纽约大都会艺术博物馆的〈药师经变〉壁画》开篇，我想大概是美国纽约大都会艺术博物馆那幅《药师经变》给他的印象太深刻了吧，诚如他在文中所说："我第一次看到这幅壁画的时候，心灵受到震撼。如此气势恢宏、构图精美、色彩艳丽、保存完好的中国古代壁画，我还是首次看见。"我也去过大都会艺术博物馆，印象中竟然没有这幅《药师经变》，这就是行者境界的不同了。读段先生的这篇文章，算是稍为弥补了我的这一遗憾。尤其是他如数家珍般讲述的佛教在中国的传播史，让我完全信服了他所说的"读画如读史"的道理。同样是在美国的行走，《巡游阿拉斯加》《寻觅阿拉斯加的华人踪迹》《圣塔莫尼卡的街边艺人》《美国佛教圣地万佛城》《得州的牛仔与最"牛"的华人》《亨廷顿图书馆的中国情结》等篇，则向我们展示了一个中国学者眼中的多元化的美国。特别是他的"美国的图书馆之多，堪称世界之最"的感叹，我深有同感。

《行走的境界》的"行走"路线是沿着人类文明的历程倒着走的。所以，段立生先生从美国出发，首先来到了土耳其——一个连接欧亚大陆的纽带（《土耳其——连接欧亚大陆的纽带》）。我也曾有幸去过这个伟大的国度，也曾在伊斯坦布尔强烈地感受到欧亚文明的激烈碰撞和深度交融。特别是面对著名的埃及尖顶方石碑，一种悲怆之情油然而生，如同面对颐和园的残垣断壁。但段先生不像我们这样走马观花，他深入到了土耳其充满光荣和悲伤的历史的深处。

段立生先生带着我们继续往回走，于是来到了希腊。从《希腊的宗教与文明》的描述中，我们知道，古希腊人信奉的宗教，与现今世界上广为流传的佛教、基督教和伊斯兰教不同，它没有宗教的创始人，没有现代宗教必备的一切外在形式，只有浩如烟海的神话故事和传说。而在希腊的神话世界中，宙斯是至高无上的神，是众神之王。从某种意义上讲，希腊诸神只有首先变成人，才能最终变成神。人性和神性的有机结合，使得希腊的神祇具有很大亲和力。我也曾经造访过文中描写的雅典娜女神庙，但很遗憾地与宙斯神庙、特洛伊遗址、雅典大学等擦肩而过，特别是未能去雅典大学拜访柏拉图和他的学生亚里士多德的坐像以及旁边两根高耸的石柱上的雅典娜女神和太阳神阿波罗的塑像，更是后悔不已。当读到段先生"我想，神在天上，人在地上，倒也合乎逻辑"一语时，我就更加神往了。而《三看特洛伊》一文则让我再次想起那部伟大的电影《特洛伊》中恢宏的场面。

段立生先生的行走路线没有绕开两个同样伟大的国家——

俄罗斯和意大利。

从《圣彼得堡：造型艺术之城》《俄罗斯的教堂》《米兰大教堂》中，我们可以读到同样精彩的文字。

埃及是人类四大文明古国之一，也是段立生先生行走的重要一站。《永恒的金字塔》提出一个深刻的问题：世界上最大的学问，莫过于关于死亡的学问。生是短暂的，死是永恒的。所以，古埃及人把金字塔作为死的归宿，金字塔就是永恒的了。作者写道："当我站在尼罗河的西岸，站在开罗城与沙漠交汇的吉萨区，抬头仰视高耸入天的胡夫金字塔时，不禁发出这样的感叹：天哪，这究竟是如何建成的？这么雄伟，这么神奇，这么壮观，这么扑朔迷离，这么不可思议！金字塔是永远解不开的谜。"这样的感受我是没有的，因为我还没有去过埃及。相对于《埃及的神庙和对太阳神的崇拜》的专业性，《地底下的埃及》则直抵人心，因为古埃及的墓葬壁画展示了一个虚拟的地底下的世界。埃及墓葬的内容丰富多彩，其核心是展示人由生到死，再由死到复活的轮回。"从某种意义上说，地底下的埃及，比地面上的埃及更精彩。"这种观察，就更不是一般的旅行者所能拥有的了。

最后，段立生先生的行走回到了我们亚洲。段先生告诉我们："首尔是韩国的首都，旧称汉城，古代作为李氏王朝京城 600 余年，留下丰厚的历史文化积淀。"特别是景福宫，我们可以从中看到中华文化对韩国文化的影响，但也可以明显感受到韩国传统民族文化璀璨的光芒。(《首尔看王宫》)吴哥的繁荣终究逃脱不了最后的毁灭。其毁灭的原因中外学者曾作过多方探讨，诸如泰人的入侵、战争的破坏等，似乎都没有说到问题的症结。唯有最近流行的吴哥毁于生态失调的说法，点到了要害："吴哥的灭亡是由生态原因造成的，包括过度砍伐和干扰城市水道。"(《解读吴哥》)人类的历史长河，从远古的蛮荒时期，到出现宗教文明，渡过了漫长而黑暗的中世纪，步入近现代的工业社会，其间经历了不同的发展阶段，这些不同历史阶段景象，一般说来只能到历史教科书中去找寻。然而，在尼泊尔我们却亲眼看到历史发展的各个不同阶段都汇集在同一国家、同一社会中，当今的尼泊尔人生活在历史的长河中。特别是佛祖的诞生地蓝毗尼园，不仅属于尼泊尔，它应该属于全世界。（《生活在历史长河中的尼泊尔人》）

在行走亚洲的各篇文章中，除了浏览《老挝掠影》《走马"满刺加"——郑和仍在马六甲》《塔城蒲甘》《印尼巴厘岛的宗教情结》《巴厘舞蹈的风情》外，我重点阅读了《越南的铜鼓》一文。我对铜鼓文化也是情有独钟的。目前世界出土的铜鼓以云南万家坝型铜鼓的年代最为久远，相当于春秋中期至战国前期。所以云南是铜鼓的发源地，这已经成为学术界的共识。接下来就要数越南的东山铜鼓最负盛名，而东山铜鼓是越南东山文化的代表。《后汉书·马援传》有"（马援）于交趾得骆越铜鼓"的记载。段先生告诉我们：关于铜鼓的称谓，中国人视其外观像鼓，又是用青铜制成，故称之为铜鼓；越南和其他许多国家，是用铜鼓敲击时发出的响声来命名，称为 Drum。所有类型的铜鼓在鼓面中央都毫无例外有一个圆形的太阳，向四周发射出光芒。中国学者称之为太阳纹，而越南学者则称之为星光纹，并根据光芒的数目，分为 8 条星光纹、10 条星光纹、12 条星光纹等。太阳代表白天，星星代表黑夜；白天是阳，黑夜是阴。太阳纹和星光纹或许反映出古人观察天象历法的不同视角，即以观察太阳周期运动而形成的太阳历和以观察月亮周期变化而形成的太阴历。作者写道："在越南考察铜鼓，每有所得，喜不自胜。"这让我想起了五柳先生"每有会意，便欣然忘食"的神态。

段立生先生的行走最后在泰国落幕，我想这是他的精心安排。段先生作为我国著名的泰国史专家，几乎无人能及。相对于他众多的泰国史研究著作，《洛坤大金塔记》《巴真武里的菩提树》虽然短小，但也让我们从中看到了一个不一样的行者形象。正如他在文中写到的，当今泰国社会佛教之盛行，超过中国的魏晋南北朝时期。根据泰国宗教厅的统计，截至 1992 年底，全泰国共有寺 29322 座，且每年还呈递增之势。因为佛教的创始人释迦牟尼是在一株菩提树下悟道成佛的，所以菩提树成为佛教的标志，正像耶稣受难的十字架是基督教的象征一样。拜菩提树即拜佛。至于段先生为何以《剃度》一文作为结束，我想这是一个充满人类悲悯情怀的历史学家的本性流露吧。

跟随段立生先生"行走"了大半个世界，我们不难看到，《行走的境界》所达到的境界不是一般的旅行笔记或者旅游文学所能企及的，就像《大唐西域记》和《徐霞客游记》，不仅可以当作历史教科书来读，而且可以作为人在这个世界上行走的精神标识。

我和段立生先生相识，缘于广西人民出版社出版的《丝绸之路上的东南亚文明：泰国》。这是一本由著名出版家、著名历史学家和著名摄影家共同完成的极优秀的出版物，"三剑合一"。"三剑"的主角分别是主编李元君、撰文者段立生、摄影者连旭。在讨论《丝绸之路上的东南亚文明：泰国》的选题时，我就对段先生的情况有了初步了解。当我认真阅读完整部书稿后，我深深为段先生渊博的知识和优美的文笔所折服。在广西民族大学举办《丝绸之路上的东南亚文明：泰国》读书分享会时，看到段先生和师生充满睿智的交流，深感他真是一位德高望重的学者。后来有机会去昆明拜访他，曾多方讨教，其情其景，今天想起来仍令人感动。

中国进入了新时代，中国出版也进入了新时代。新出版的根本标志是出版更多无愧于我们这个伟大民族和伟大时代的优秀作品。《行走的境界》是可以称之为这样的优秀作品的。

承蒙段立生先生的盛情，虽然自觉才疏学浅，仍然欣然从命，谨以此序，为一读书心得而已。

曹光哲

2017 年 11 月 18 日

自　序

古人常说"读万卷书，行万里路"，以此作为人生奋斗追求的目标。

"读万卷书"，言其读书要多；"行万里路"，意指行程要远。读书和行路究竟有什么关系？为什么要将这两件事捆绑在一起？

书是人类知识的概括和总结。人类在漫长的生存斗争和科学实践的过程中，将自己的认知和经验用文字记录下来，以便与处于其他时空的人进行传承与交流，这就是书。书的出现，是人类步入文明社会的一个重要标志。那么在书出现以前，也就是文字出现以前，人类如何进行知识的传承与交流呢？这就要靠行。行使处于不同地域空间的人得以接触，并凭借语言或肢体语言进行交流。因此说，读书和行路是人类传承与交流知识的两条重要途径。

一个人，读书愈多，行路愈远，知识愈丰富。

从另一个层面讲，从书本上读到的知识，是间接的知识，或者说是理论知识；自己通过亲身经历获得的知识，则是直接的知识，或者说是实践知识。只有同时具备间接和直接知识、理论和实践知识，才称得上是完整的知识。

一个人，既要读书，又要行路，才能获取完整的知识。

这是从微观的角度来分析。

从宏观上看，世界上存在着不同的民族、不同的国家。每个民族、每个国家都有自己优秀的民族文化，这才构成人类绚丽多彩的文化。不同民族、不同国家的文化必须传承与交流，而读书和行走亦是实现这种国际之间文化传承与交流的一条有效的渠道。

什么是文化？文化的定义有数百种，我赞成季羡林先生的说法："凡人类在历史上所创造的精神、物质两个方面，并对人类有用的东西，就叫文化。"

人类的文化可以分为两大类：东方文化和西方文化。东方和西方文化既有相同之处，也有差异。相同之处在于都有作为"文化"所共通的东西，差异之处表现为形态和内容的千差万别。

当你有机会走出国门，到世界各地去旅行的时候，你会被世界上各种不同的文化所吸引。你看到的异国的山川景致、人物装扮、饮食起居、风俗信仰、文物古迹等，背后都包含着深刻的文化内涵。品味这些文化内涵，便是行走的境界。

文化的本质是交流，没有交流，文化就失去生命。文化在交流中维系着自身的存在和发展。

　　行走是文化交流的一种途径和方式。

　　从这个意义上说，我们要提倡多行走，在条件允许的情况下，中国人多到外国去，也欢迎外国人多来中国，通过旅游，增进相互理解和交流。这是一件非常有意义的事：让人生永远在路上。

段立生

2017 年 6 月 3 日于昆明

目 录

CONTENTS

纽约大都会艺术博物馆《药师经变》壁画

纽约大都会艺术博物馆始建于 1870 年，是一个与法国罗浮宫、英国大英博物馆齐名的世界顶级博物馆，坐落在纽约中央公园东侧的第五大道上，占地面积 13 万平方米，收藏了来自世界各地的 330 万件展品，其中不乏稀世珍品。最让人瞩目的是，在二楼亚洲展厅的入口处，立着一幅巨大的彩墨壁画：药师佛结跏趺坐于莲花座上，日光菩萨和月光菩萨胁侍两侧，周遭有八大接引菩萨，十二神将，各率七千药叉眷属，护佑各地受持药师，佛名号众生。这就是来自中国山西洪洞县广胜下寺的元代壁画《药师经变》。

我第一次看到这幅壁画的时候，心灵受到震撼。如此气势恢宏、构图精美、色彩艳丽、保存完好的中国古代壁画，我还是首次看见。整面 60 多平方米

纽约大都会艺术博物馆

的墙壁，都被壁画占满了。我迫不及待地想用相机把它拍摄下来，但遭到管理人员的制止，他说闪光灯会破坏壁画的色彩。那是 1989 年，我正在哥伦比亚大学东亚研究所当访问学者。后来，我花 500 美元买了一个小型摄像机，为的就是给这幅壁画录像，因为这个只要有相当于点燃 5 根蜡烛的亮度，就能拍摄，结果又遭到管理人员的拒绝。我只好花 20 美元买了一本介绍大都会艺术博物馆收藏品的画册，遗憾的是画册中竟然没有收录这幅壁画。带着遗憾我离开了纽约，一晃 20 年的时光就过去了。2010年 1 月我又有机会重返纽约，由于心里惦记着《药师经变》壁画，我又来到大都会艺术博物馆。这次我发现管理员的态度宽松了，只要不使用闪光灯，观众可以随意拍摄。而数码相机的普及，又为我提供了必备的技术条件。我把单反数码相机的感光度调到400度，不用借助闪光灯便可清晰地将这幅壁画拍下来，放到电脑上，反复揣摩，反复观赏。

读画如读史，通过读《药师经变》壁画，我仿佛看到佛教在中国传播的历史。

佛教自东汉时期从印度传入中国后，逐渐在广大民众中传播发展。其传播途径主要靠大德高僧译经、诵经、讲经、传法。除此之外，利用绘画的方式，通俗易懂地介绍佛经的文字内容，称为经变，也是一种传播方式。现今敦煌莫高窟发现和确认的经变有《法华经变》《维摩经变》《弥勒经变》《阿弥陀经变》《观音经变》《华严经变》《报恩经变》《十轮经变》《药师经变》等，每一个经变皆由某一佛经衍生而来。经变的意思即该佛经的另一种不使用文字的变化表现。例如有《法华经》，故有《法华经变》；有《华严经》，故有《华严经变》；有《维摩诘经》，故有《维摩经变》等。而《药师经变》则是根据《药师如来本愿经》而来。

药师佛是佛教中一位重要的佛陀。根据《药师如来本愿经》的描述，药师佛又称药师如来、药师琉璃光如来、大医王佛、医王善逝、十二愿王，为东方净琉璃世界之教主。当他于过去世行菩萨道时，曾发下十二大愿，誓为众生解脱疾苦。佛愿说，若有人身患重病，面临死亡，只要昼夜尽心供养礼拜药师佛，诵读《药师如来本愿经》四十九遍，燃四十九灯，挂四十九天五色彩幡，其人便得以长生续命。可以说，药师佛是佛教神界执掌医药治病大权的一尊大佛。

佛教修行的法门很多，因为佛教传入中国后逐渐形成不同的宗派，每个宗派都有自己修行的"不二法门"。东汉时期，佛教主要在上层智识阶层中传播，所以修行的法门比较复杂，比较抽象，佛教充满书卷气和文人气。到了魏晋南北朝，佛学与玄学相结合，偏重哲理和空谈。唐代经过"三武一宗"的毁法，佛教受到很大打击，许多宗派不复存在，此时出现了禅宗。禅宗主张明心见性，不立文字，不用经典，使得不识字的人也能修行佛法。随着佛教向劳苦大众倾斜，修行的法门也趋于简单。弥陀法门主张，只要随时随地诵念阿弥陀佛名号，便可往生佛国净土。所以我们见坊间有的百姓口中不停地念叨阿弥陀佛，就是在修持弥陀法门。

经变画的风行，无疑是符合佛教向劳苦大众普及的发展趋势的，它使佛教的传播变得简单化、普及化和大众化。

大都会艺术博物馆藏的巨型壁画《药师经变》绘于元代，即公元13—14世纪，迄今已有700—800年，具有十分宝贵的历史文物价值。从艺术的角度看，这幅壁画继承了中国民间壁画艺术源远流长的优秀传统，又融入了中国佛像绘画的技法。佛像的造型，沿袭了唐代以丰腴为美的审美情趣，药师佛及日光菩萨、月光菩萨的脸庞，皆圆若满月，慈眉善目，由此展示其慈善、宽容、智慧、禅定的内心世界。除端坐正中的药师佛身着袈裟，袒露前胸外，其余菩萨神将，都穿着类似中国士大夫那样的长袍宽带，显得俊逸潇洒。衣服的皱褶自然生动，衣服的质感薄如蝉翼，凸显秀骨清像、名士气韵。我们虽然不知道这幅壁画的作者是谁，但从壁画的风格及艺术成就可以看出，它继承和发扬了自魏晋南北朝僧祐、戴逵，到唐代"画圣"吴道子的佛像艺术的传统技艺，堪称上乘艺术佳品。

考察大都会艺术博物馆《药师经变》壁画的来历，知道来自山西洪洞县广胜寺。我们有必要回过头来追溯广胜寺的情况，以利于加深对这幅壁画的理解。

脍炙人口的京剧《玉堂春》的故事，就是发生在山西洪洞县。苏三起解唱道："苏三离了洪洞县，将身来在大街前……"那里曾是古代中原地区的人文都市。霍山南麓的广胜寺，是佛教东传中国最早的几座寺庙之一，始建于东汉，经历代重修，现基本保持元代建筑风格，分上寺、下寺和水神庙三处。广胜寺的元代壁画共有两处，一处原存下寺大佛殿，另一处现存水神庙明应王殿。明应王殿壁画计5幅，内容表现元代生活民俗。大都会艺术博物馆藏《药师经变》则是从下寺的墙壁上剥离下来的。如今山墙上尚存16平方米的"善财童子五十三参"残卷。此外，广胜寺珍藏的佛教典籍《赵城金藏》是北宋《开宝大藏经》的复刻本，由于北宋刻本早已散佚，约7000卷的《赵城金藏》成为中国现存最早最全的大藏经，具有重要的文献及版本价值，现为北京图书馆镇馆之一宝。更重要的是，据唐朝名僧道世所撰《法苑珠林》载，广胜寺塔是全国 19 座释迦牟尼真身舍利塔之一。1990 年以后，随着陕西法门寺发现佛指舍利，增加了广胜寺塔下埋有佛陀舍利的可信度。由此可见广胜寺具有非常深厚的佛教文化积淀。纽约大都会艺术博物馆藏《药师经变》巨型壁画出自这里，绝非偶然。

关于剥画出售的经过，《重修广胜下寺佛庙序》说得十分明白："去岁（1928 年），有远客至，言佛殿绘壁，博古者雅好之，价可值千余金。僧人贞达即邀士绅估价出售。众议以为修庙无资、多年之憾，舍此不图，势必墙倾像毁，同归于尽……"遂以 1600 块大洋作价，卖给文物贩子，最后辗转流传至美国。

根据纽约大都会艺术博物馆的说明，这幅壁画是 1964 年美国牙医萨克勒以他母亲的名义捐献给博物馆的。据萨克勒声称，他从广胜寺购买了这幅壁画。当时中国的文物市场是开放的，进出口自由。萨克勒很富有，喜欢收藏中国艺术品，除了这幅壁画外，他还购买了大量中国文物。20 世纪 90 年代，他给北大文博学院捐建了一所博物馆，以他的名字命名。

追溯到这里，解开了我思想上长期存在的一个谜团。我国许多重要的历史文物都是战时被西方侵略者偷盗去国外的，所以我们一看到流传海外的中国文物，就会激起心中的民族义愤，为当年国家积弱积贫被人欺负而心痛，并以现在国家的强盛而自豪。回想 20 年前我第一次在纽约大都会艺术博物馆看到这幅壁画时，就是这样的心态：明明是中国的东西，管理员却阻止我拍照，真是叫人火冒三丈。我想，虽不能把原物追回，起码也要带张照片回国。现在看来，这种想法失于偏激。现在这幅壁画在纽约大都会艺术博物馆，有恒温环境保护，修复得看不见一丝接缝的痕迹，从另一个角度看，这也是对文物的一种保护。

2010 年 7—8 月

巡游阿拉斯加

一、 乘坐金公主号游轮

"世界上没有任何事比乘坐金公主号航行更令人惬意的了。"这是轮船公司招徕游客的广告词，也是我乘金公主号巡游阿拉斯加一星期之后获得的深切体会。

金公主号是一艘10万吨级超豪华大游轮，由意大利制造，在百慕大注册，2001年投入使用，拥有1300多间客房，高达16层，宛如一幢可以移动的海上大楼。登上金公主号，人们会立即联想到100多年前的泰坦尼克号，然而科学技术的突飞猛进使泰坦尼克号无论在设备还是豪华舒适程度上都无法与金公主号攀比。金公主号有3个主餐厅、4个游泳池、数百座位的剧院、健身房、桑拿间、美容院、电脑室、酒吧、赌场、舞厅、商店、画廊、照相馆、迷你高尔夫球场和儿童游乐场等，还有一流的服务，使人简直就像住进了五星级的宾馆。难怪有许多行动不便的老年人选择长期住在游轮上，到世界各地巡游。据游轮方面披露的资料显示，有一对夫妻累计乘船 1032 天，名列第一；一位女士乘船 274 天，位居第二。当然，这些游客，必须有足够的经济基础支撑。

金公主号有 1200 名船员，游轮管理与服务工作井井有条。每天晚上，你的舱房门口会送来一份小报《公主号絮语》(*Princess Patter*)，虽然 Patter 在英文中有唠叨话的意思，但你一点也不会觉得唠叨，因为它告诉你许多有用的信息：天气预报、抵达和离开某个码头的时间、船上演出和各种活动安排、旅游路线介绍等。内容每天更换，你可以按需选择你要参加的项目。初登

金公主号游轮

船时，每位乘客都会领到一张小卡片，既是身份证，又是房门的钥匙，还是船上通用的信用卡。你在船上花钱，不用现金，用它刷卡即可。上下船靠它通行，通过电脑可以知道何人在船上，何人在岸上，不必担心有人误船。到了外国码头，又可以充当临时护照。你的护照和其他重要东西，则锁在你自己房间的保险柜里，既安全又稳当。

船上的生活安逸舒适，自助餐厅日夜开放，你可以在任何时间去吃东西，也可以打电话叫服务员送到房间里。食品的品种花样繁多，餐餐皆有变换，厨师亦使出浑身解数，为你展示他的精湛厨艺。你如果不中意自助餐，也可以去吃正规的西餐，每餐都有开胃菜、汤、沙拉、正餐和甜品。餐费包括在船票里，无须交钱，除非你要饮酒或到特别的餐厅品尝名厨料理的意大利海鲜或牛排，才需另外加钱。

美食是旅行途中必不可少的享受，也是一种文化阅历，使我们有机会领略当地的风味特产。阿拉斯加的海螃蟹是很有名的，一只螃蟹腿比筷子还长，清蒸，涂上点奶油，味极鲜美。还有三明鱼、吞拿鱼、鲜虾、贝壳……让人吃个够。吃一餐饭大约要花两个小时，这是难得的社交机会，你可以跟同桌的朋友边吃边聊。我在餐桌上结识了几位美国朋友。有一位是来自华盛顿州的消防员，他祖父那辈从瑞士移民美国。他当了 19 年的消防员，并为此自豪，因为在美国，消防员被视为英雄的职业。他告诉我，他育有 3 个男孩，都上大学了，这次带着老婆旅游度假。可以看出，他的家庭生活温馨幸福。还有一家人来自得克萨斯州，经营畜牧场。儿子结婚，全家十几口悉数出动。他们的胃口很好，能吃下很多食物。非但得州人，其实大部分美国人都很能吃，无论是汉堡包、炸薯条，还是苏打水、冰淇淋，皆通吃不误，吃了再去运动减肥。什么是当代美国人的生活方式？我以为可以用下面几句话来概括：

拼命工作，拼命挣钱，拼命消费；

拼命大吃，拼命运动，拼命减肥。

当然，这是开玩笑的。美国人的工作态度是很认真的，工作效率高，不放弃一切可以挣钱的机会。美国人努力工作目的是为了多挣钱，有了钱就把它花掉，绝不亏待自己。他们在消费方面是非常主动的，而且有可能的话，一定会争取提前消费。比如说2010年，为了刺激经济发展，政府给每个人退税1000多美元，退税的支票尚未到手，许多人就已经把这笔钱花掉了。"虱多不痒，债多不愁"，毫无精神压力。他们想吃就吃，宁愿吃进去再设法将它消耗掉，也不愿靠节食挨饿来减肥。

每天早上我会到船上的健身房锻炼，看到许多汗流浃背的人在跑步机上或跑或走，拼命消耗多余的热量。也有人薄衫短裤，冒着凛冽的寒风在甲板上疾行。还有人干脆脱光衣服，跳下游泳池游泳。运动已经成为他们日常生活的一个重要组成部分，即使外出旅游也不例外，这是很叫人感动的。

二、 小城故事多

我们的航程从美国西雅图开始，北上航行直抵阿拉斯加首府朱诺，然后掉头南下，停靠斯卡圭和凯奇坎两座阿拉斯加的小城，再经加拿大的维多利亚港，返回西雅图。

阿拉斯加的小城各具特色，值得观光。

朱诺城

这座城的名称来自一个名叫乔伊·朱诺的人。1880 年，朱诺和他的一个朋友在当地土著的带领下来这里寻找金矿。经历翻山越岭的艰辛，他们找到了蚕豆般大的天然金块。之后的勘探表明，这里是全世界最大的三大金矿之一。于是大批的淘金者涌入此地，使之迅速发展成 3 万人居住的城市。截至第二次世界大战末，开采的黄金价值已多达 1.5 亿美元。虽然现在金矿早已关闭，但参观金矿旧址仍是游客的一项重要节目。游客可以乘巴士去到矿洞，那里有人表演用简易的方法从沙里淘金。你也可以花钱买一些金沙尝试自己淘金，所得金子归自己。我们同船的一个小孩跟随其父母参观金矿归来，大家打趣他："你淘到金了吗？你发财了吗？"看来淘金梦影响了美国几代人。

作为阿拉斯加首府的朱诺只有 3 万多人，只可从水路或空中交通到达，无陆路相通，是一个没有人声鼎沸，没有车喧，只听得见鸟鸣声的城市。乌鸦大得出奇，1 只抵得平常见的 3 只。路边的蒲公英开得肥硕可爱，花团足有乒乓球大。城市的生态环境

朱诺城

很好，空气清新。我们只花了两小时，就步行将全城兜了一圈。
沿街的商店以出售旅游纪念品为主，该地特产是皮革和钻石。一
辆废弃的运送金矿石的车停在码头旁，被当作该城的历史标志。
可惜没有时间去参观城中的博物馆。由于靠近北极，每年5月10
日太阳升起后在随后的3个月里将不再落下，而每年11月18日
日落之后当地居民将有2个多月看不见太阳再冉升起。这种昼夜
不分的日子，加之冬季的严寒，使朱诺一年之中只有3个月的热
闹，其余的时间人烟稀少，冷冷清清。在游客带来的短暂喧嚣归
于沉寂之后，唯有路旁盛开的浅蓝色小花勿忘我在随风摇曳，仿
佛絮絮叨叨地说："勿忘我呀勿忘我。"因此，勿忘我被定为阿拉
斯加州的州花。

斯卡圭城

这座城的名字就字面解释，是"海洛因（或香烟头）通道"的意思。可能过去有人通过这里走私海洛因，现今还有一个走私者的山洞被列为旅游景点。我们按路标的指示，沿山路走了几公里，就是没有找到这个山洞，但饱览了秀丽的山色风光。

就地理位置而言，这里确实是通往阿拉斯加内陆和育空河的必经之路。100多年前"白色通道"铁路的修通，使交通更为便利。1898年，这里一度是阿拉斯加的第一大城，人口2万，并吸引散居周边地区的1万人经常来此。1900年后金子产量减少，矿工转移他处，现在城市居民不足1000人。城市虽小，仍保持当年的繁华风貌。它像纽约等大都会一样，有主街和百老汇大街，旅馆、酒吧、舞厅、赌场依次林立。百老汇大街一家历史悠久的剧院正在招徕观众，票价18美元。老式马车跟现代化的游览汽车争夺客源，也有蹬三轮的洋车夫。身着盛装的导游小姐带领游客参观各个历史遗址，计有1898年（中国戊戌变法那一年）成立的消防队、兄弟会会址、淘金者的墓地等。中国的戊戌变法，也曾经希望学习西方，创办邮电、通信、医院、消防等现代公共设施。结果变法只维持了100天，消防队也没建起来，主张变法的"戊戌六君子"被杀头，光绪皇帝也被囚禁瀛台。斯卡圭城消防队遗址，见证了美国与中国不同的近代发展史。

斯卡圭城最吸引人的旅游是乘坐古老的小火车穿越一条被称为"白色通道"的铁路。这条铁路修建于1898年，在900多米高的山顶上蜿蜒曲折地穿行 32 千米，山高路险，风光绮丽。这条铁路一年之中只有 5—9 月可以通行，其余时间皆是白雪皑皑，故名"白色通道"。这里每天开三班车，票价 103 美元。火车站立有一组淘金者的塑像，让人驻足默思。

旅游是这座小城的支柱产业，旅游季节每天来访的游客是常住人口的 3—4 倍。旅游季节赚的钱，能保证一年的花销。你走进任何一家商店，都会受到热情的款待。在一家专门出售工艺品和自然食品的商店里，我遇见一位华盛顿大学毕业的年轻女士，我以为这是她开办的家庭企业，询问之下才知不然，她是来打工的。大学毕业生愿当售货员，不可思议。而这位美国女孩却不远万里来这里工作，她追求的是新的生活阅历和人生体验。她非常热情地招呼我们，要打开一听三文鱼罐头让我们品尝。我想，尝过后不好意思不买，只好赶紧告辞。

凯奇坎城

我们来到凯奇坎城的时候，迎面看到一幅用英文写的横标：欢迎来到世界三文鱼之都。

这座小城是全世界产三文鱼最多的地方，被誉为世界三文鱼之都。三文鱼学名鲑鱼，是西餐或日本料理的主菜，经济价值和营养价值很高。凯奇坎城附近的港湾河汊中盛产三文鱼鱼苗，它们在河溪中生长 1—5 年后，游入大海，并在海中生长 2—4 年，长得膘肥体健，发育成熟，才开始洄游，经过长途跋涉，跳越小瀑布和小堤坝，千辛万苦回到家乡产卵。产卵完毕，生命也就结束。三文鱼的"恋乡情结"，造就了凯奇坎城这个"世界三文鱼之都"。每年4—7月间，数以万计的三文鱼游到这里产卵，充斥于河湾港汊之间。三文鱼是棕熊主要的过冬食粮，也是渔民捕捉打捞的对象。

捕鱼是凯奇坎城除旅游之外的又一支柱产业，1900年凯奇坎就已经建了50多家加工野生三文鱼的罐头厂。1904年，梁启超在他的《新大陆游记》中提到了捕鱼业。他没有到过凯奇坎，只到过其南面英属哥伦比亚省的海域。他在书中说："哥伦比亚省之工人，以做沙文鱼（三文鱼）为最多。计每年鱼来时，业此者每月可得美金三十元至六七十元不等，然每年惟四月至七月为鱼来时节耳。自余数月，凡业鱼者皆无所得业，束手坐食，故岁入恒不足以自赡也。日本人在此者，亦以鱼为业。然日人则采渔也，华人则制鱼也。采渔，每日每人工价，优于制鱼者数倍。然此地西人，限华人非已入英籍者不得采渔。故虽以此区区之利权，亦不得以他族竞。"

梁启超有感于国家贫弱，受人欺辱，发出不平之声。我们今天读到这段文字，亦不免有些愤愤然。

现在凯奇坎的野生三文鱼越来越少。阿拉斯加州政府采取严格的保护措施，规定捕捞三文鱼的船只须有专门的执照，每年只有三个月的时间可以出海捕鱼。捕捞还有配额限量，每年允许的捕捞总量都控制在鱼群总量的1/7—1/8，以确保三文鱼种群的繁衍。

另外，当地还着手进行三文鱼的人工养殖，摸索出一套大规模养殖三文鱼的办法和经验。我们在游轮上享用的三文鱼大多是人工养殖的。厨师将其做成鱼排，用橄榄油煎得两面金黄，咬上一口，又脆又香；或者配上芥末酱油吃生鱼片，味道够刺激，辣得眼泪鼻涕一起淌。据说有人能吃出野生和人工养殖三文鱼的区别，幸好我没有这种本事，所以每顿都吃得津津有味。

三、 美丽的自然风光

阿拉斯加的自然风光是非常美丽的，美就美在它是自然的、原生态的，毫无人工雕琢的痕迹。目前，美国全国共有国家公园54座，其中有10座在阿拉斯加。

美国的国家公园与中国人对公园的理解有些不同。中国的公园常由美丽的山水加上楼台亭榭组成，是自然和人工的结合。美国的国家公园则是指面积较大的原始自然保护区。成立国家公园的目的是保护自然生态，使其不受人为破坏。1872年美国国会通过决议，设立黄石公园为第一个国家公园，由国家财政出资维护。此后，国家公园的数目逐年递增，使其总面积达到32万平方公里，约相当于9个中国的海南省。

山和水是构成自然风景的两大要素。全美国计有20座著名的高山，17座在阿拉斯加，其中包括海拔6194米的麦金利山。看山是一种享受，蕴含着无穷的乐趣，让人产生"相看两不厌"

的感觉。由于你所处的位置不同，视角不同，所以会有不同的感受。中国古人站在平地远视群山，写出"横看成岭侧成峰，远近高低各不同"的诗句；站在山中看山，又发出"不识庐山真面目，只缘身在此山中"的感慨。但古人不曾有坐在飞机上看山的经历。在飞机上俯视阿拉斯加群山，但见山峦绵延，如波浪起伏，气势磅礴，大有"倒海翻江卷巨澜"之势。遇上有云的时候，山顶从云层中拔出，露出山尖覆盖着的皑皑白雪，非常壮观。最有趣的是看火山，阿拉斯加有 70 多座活火山，你可以看到圆圆的火山口，有的已经形成火山湖。

乘飞机看山，是阿拉斯加旅游之一绝。在游轮停靠的每一个景点，都有小型机场。阿拉斯加拥有的私人飞机数在全美名列第一，有双翼的螺旋桨飞机、水上飞机和直升机。只要花 300 美元，就可以乘飞机在天上兜一圈。300 美元只相当于一般人 2—3 天的工资收入，故不觉贵。

看水则以乘船为佳。有的人觉得乘大游船不过瘾，停靠码头后又改坐小汽艇到河湾港汊里游荡，以最近的距离贴近自然。其实我认为，站在大游船的甲板上观赏风景已经相当不错了，远山含黛，近水湛蓝。有人用望远镜看到了在岸上丛林中奔跑的棕熊，我却看见两条鲸鱼喷着水柱，尾随我们的游轮觅食。这是一次终生难忘的经历。

冰川是水的结晶，是一种巨大的流动固体。水蒸发变成云，云遇冷变成雪，雪结晶变成巨大的冰川冰。因重力的作用使冰川冰流动，就形成了冰川。世界上大多数活动冰川都在阿拉斯加，其中最大的叫马拉斯皮纳冰川，流域面积达 5703 平方公里。

我们乘坐游轮去海峡国家公园看冰川。接近冰川之前，海面上就漂来许多浮冰。人家皆争先占据甲板上的有利位置观赏拍照，渐渐发现附近的雪山峡谷中也有大小不等的冰川。驶到巨大的冰川跟前时，大家不约而同地发出大声赞叹。一道晶莹剔透的屏障横亘在我们眼前，洁白之中透发出蓝光。这是因为冰里融入了空气的缘故。我搜肠刮肚也找不出恰当的语句来描述它，就算翻遍唐诗宋词，也没有描绘冰川的诗句。我相信，有缘目睹如此巨大的冰川是一种"前无古人"的体验，因而颇有些沾沾自喜。

冰川不仅具有观赏价值，它对人类的生存也有着至关重要的作用。冰川可以反射太阳光，使地球保持正常的温度。可是，自 20 世纪 80 年代以来，由于工业发展和汽车废气的大量排放，产生温室效应，导致全球冰川平均厚度减少了 11.5 米。冰川融化的结果是使地球反射阳光的能力减弱，深色的海洋和陆地都比冰川能够吸收更多的太阳热，因而就造成更多的冰川融化，这样的连锁反应只会使地球迅速升温，破坏生态环境的平衡。长此以往，冰川融化，海面上升，许多城市和国家都将被洪水淹没。为了美丽的冰川，为了阿拉斯加，为了人类唯一的不可再生的地球家园，我们的确必须节约能源和控制废气排放。

2010 年 2 月

寻觅阿拉斯加的华人踪迹

　　阿拉斯加是美国的第 49 州，也是全美最大的一个州，是 1867 年美国政府花了 720 万美元从沙皇俄国购买来的。它位于美国的西北部，是美国领土范围内靠北极最近的一块陆地，几乎有半年时间都是漫长的黑夜，半年时间是太阳不落的白昼。冬天冰雪封道，当地居民皆蜷缩在屋，过着类似北极熊冬眠式的生活。一年之中只有短短的三四个月春暖花开，适合旅游。每当来自世界各地的游客蜂拥而至的时候，当地人就必须抓紧这段宝贵的黄金时间，挣够足以维持他们一年开销的费用。在这片地广人稀而又荒凉偏僻的土地上，是否也有华人的踪迹？香港出版的《地平线》杂志在封面上写了一句名言：凡是有地平线的地方，一定有华人。果真这样吗？这是我抵达阿拉斯加前一直思考和准备加以求证的问题。

如今，我终于乘坐金公主号游轮来到阿拉斯加。

美国西部的发展史跟 19 世纪的淘金潮密不可分，而淘金潮又跟华侨华人的移民史息息相关。先是美国圣弗朗西斯科发现金矿，成百上千的中国闽粤沿海的农民被送到美国西部淘金，故使圣弗朗西斯科有了一个中国式的称呼——旧金山。随着美国西部的逐渐开发和西部铁路大动脉的修建，华人劳工又北上进入加拿大和阿拉斯加地区，去开发"新金山"。

1898 年中国的戊戌变法失败后，梁启超曾到美洲新大陆作了一番考察。他在《新大陆游记》中写道："英属加拿大凡分七省，其沿太平洋海岸者为布列地士（今译不列颠哥伦比亚省）。计加拿大全属华人约二万，而哥伦比亚省居十之六七焉。哥伦比亚省之首府曰域多利（今译维多利亚），其附近大都会曰温哥华，华人俗称咸水埠；曰纽威士绵士打（今译新威斯敏斯特），华人俗称二埠。一切华商、华工皆麇集于此。计全加拿大华人人数大略如下：域多利五千余，温哥华四千余，纽威士绵士打一千，天寅米一千，奶么五百，卡拉布一千，噶黎一千，满地罗二千余，阿图和二百余，其余散在各市者约三千余。十余年前 C. P. R. 公司筑大铁路之时，华人来者最众。计全盛时代，殆不下七八万人。"

梁启超的足迹仅到现今维多利亚港海域，再北上一点就是阿拉斯加，可惜他最终没有迈进阿拉斯加，因此没有留下关于阿拉斯加华人移民的文字记录。我们只能根据现存的蛛丝马迹来寻觅阿拉斯加的华人踪迹。

阿拉斯加最初的金矿皆散布在江河之滨，人们使用简陋的工具从沙里淘金，后来进入地下矿洞的开采。1913年以后，阿拉斯加的金矿经历了一次技术革命，采用了许多先进的机械设备，使金子产量剧增，达到其鼎盛时期。而后逐渐衰败，1932年经济大萧条后这些矿洞已经弃置不用，现今成为游客观光的地方。穿过100多米的隧道，便到达矿脉的开采地。游客可以花不多的钱购买一些矿砂，然后尝试着在水槽里筛选淘金，所得金砂归己所有，并可将这些金砂拿到礼品店里兑换成现金。同行的一位朋友花50美元买了一张门票，淘得的金砂值12美元。然而大部分的游客花了钱，却一点金砂也没淘到。

当然，早期淘金者的生活并不像现在的游客这么浪漫和惬意，他们的工作十分艰苦，而所得又寥寥无几。为了摆脱精神上的苦闷和孤独，下班后免不了放纵一下，于是小镇上便出现了酒吧等场所。同时，为了维持正常的日常生活，餐厅、商店、理发馆、杂货店、洗衣房、剧场等是必不可少的，一些公共设施也开始兴建起来，市政府、法院、监狱、教堂、公园、学校、消防队相继出现。我看到城市消防队的门前立着一块木牌，上面写着建立于1898年，正是中国清朝光绪皇帝开始戊戌变法的时间。

从阿拉斯加的淘金史可以看出，直接从事淘金的工人未必能够发财，反而是从事服务行业的人能够赚到钱。其中的道理很简单，不管能不能淘到金，你总要生活，你总要消费。漫山遍野

建于 1898 年的消防队旧址

跑，鞋子磨损快。美国著名的零售大王诺德斯特龙就是靠卖鞋子起家，后来创办了 200 多家风靡全美的诺德斯特龙百货连锁店。早期移民阿拉斯加的华人也一样，比淘金者先行步入小康生活的是那些拿菜刀、剪刀和剃头刀的人。"三把刀"成了华人移民普遍选择的谋生手段。特别是拿中国式菜刀的厨师，他们在美国开拓出一片中国饮食文化的新天地，征服了美国人的味蕾，使中餐馆在全美遍地开花。也有一些华人选择开洗衣店或杂货店，他们的后裔历经了几代人的辛勤劳作，现在有的人家已经十分富有。我们看到当地一间规模最大的旅游商品自选商场，最开始只是一片小小的华人杂货店。很难想象，经营旅游纪念品竟然发展到百货超市一般的规模。游客们手携提篮自由选购合适的旅游纪念品，以便回去分赠给自己的亲友。他们会根据馈赠对象的身份、年龄、性别、特点选购不同的纪念品，有玩具、T恤、日用百货、动物模型、供摆设和观赏的工艺品等。这些东西都很有阿拉斯加的地方特色，但仔细一看，不少都是 Made in China（中国制造）。原来商场的负责人是华人，他充分利用中国劳动力和原材料价钱便宜的优势，用阿拉斯加设计的图纸，到中国加工制造，从而保证货物的物美价廉。

在几万名奔赴阿拉斯加淘金的工人中，大约有 3000 人坚持下来，没有被恶劣的自然环境和生存条件所淘汰，最终获得了资本原始积累的第一桶金，为其日后的生计打下基础。在这批人中究竟有多少华人，现在谁也说不清楚。当我正为如何才能找到当年华工参与淘金的证据而犯愁时，眼前蓦地一亮，我看见火车站前新建的两尊纪念淘金工人的铜像，竟然长着一副中国面孔。我这才知道，近年来随着种族歧视的观点受到越来越多的抵制，许多地方立了华人纪念碑，塑了华人纪念像。阿拉斯加这两尊华人淘金者的塑像，就是在这样的背景下建起来的。你看他们，身着工作服，脚穿长胶鞋，肩背帆布包，手持木拐杖，一前一后，立在一块大石上。他们身材不高，但以伟岸的雪山为映衬，显得气概不凡。一些美国人在此驻足欣赏，表示敬意。我作为一个华人，感到格外自豪，甚至情不自禁地热泪盈眶。

除开金矿之外，铁路是华工又一聚集之处。修建横跨美洲大陆的铁路运输大动脉，无疑是人类建筑史上的一大奇迹，其自然条件的艰难险阻，让我们至今乘坐火车通行时都不禁要动容惊叹。

此外，华人对阿拉斯加传统的渔业亦做出过重要贡献。阿拉

斯加盛产三文鱼。华人做渔民,开销售三文鱼制品的商店。

我们曾进入一间出售三文鱼罐头的商店。店门口用中文写道:欢迎免费品尝。店内的货架上亦有中文:"我们有卖鲑鱼籽。"显然,这是一家华人开的店,他的经营理念是热情好客,彬彬有礼。试想,当顾客迈进店门,受到热情友善的款待,在免费品尝三文鱼之后,谁好意思不买点带走呢?

我读过一篇题为《漂泊在阿拉斯加的中国渔民》的报道,说是一位名叫韩冬的福州人,在美国华盛顿大学渔业专业毕业后,来到阿拉斯加渔业科学中心做资源评估和调查工作。他的任务是随渔船出海,每到一个海域下一次网,从捕捞起来的水产中,对各种鱼类虾蟹分门记录,给渔业管理部门提供数据。管理部门由此制定某种水产每年的捕捞范围和数量，以达到保护鱼类和海洋生态环境的目的。25 年来，韩冬在极其恶劣的自然和气候条件下，穿戴雨靴、雨帽、雨衣、雨裤，不辞辛劳，以海为家，乘风破浪，备尝艰辛，为的是让阿拉斯加的渔业得以保持可持续发展，这难道不是当代华人对阿拉斯加做出贡献的一个典型事例吗？

寻觅阿拉斯加华人踪迹的过程，让我既感动又自豪。阿拉斯加无疑是美丽富饶的，但同时也是美国生存条件极为艰苦的地方。在这块人烟稀少的土地上，一直都有华人的足迹和汗水，他们和美国的劳工、开发者一道，默默工作，辛勤奉献。现今，究竟有多少华人在阿拉斯加生活？因为缺乏统计数字，故无法说清。不过据媒体的一则报道说，2009 年阿拉斯加州华人联合会举办春节联欢会，近千人出席，可以想见，华人的人数占当地人口的比例一定不小。

向阿拉斯加的华人敬礼！

2010 年 3 月

圣塔莫尼卡的街边艺人

　　圣塔莫尼卡是美国洛杉矶地区的一座海滨小城，因其风景秀丽、气候宜人而成为人们休闲旅游的好去处。这里的海滩水质清洁，经卫生检测达标 A 级。许多人于夏季举家来这里游泳戏水。他们在沙滩上支起一把大大的遮阳伞，地面上便出现一块圆形的阴凉之处，成为他们一家人临时占有的领地，衣物食品皆堆放于此，然后男女老幼各自选择自己喜欢的活动：或晒日光浴，或玩沙堆塔，或到水边浴足，或纵身大海搏浪击水。遇上起风和涨潮的时节，太平洋的海浪汹涌澎湃，正是年轻人玩冲浪板的最佳时机，脚踩冲浪板飙上浪尖，继而又落到谷底，起起伏伏，惊险刺激。众多的游客之中，绝大部分是美国公民，但肤色及文化背景不尽相同，有土生土长的美国人，也有非洲裔、欧洲裔和亚洲裔的移民，近年则以来自美国邻国墨西哥的移民居多。虽然圣塔莫尼卡是全美房价最贵的地区之一，但市政府对部分房子采取房租限价的措施，使一些低收入人群也能在该城居住，以保持这个城市人口构成的多样性，同时也维持了它在文化上的多样性。

圣塔莫尼卡的文化多样性首先表现在饮食文化上。沿街的各式餐厅几乎囊括了全世界的美食，意大利餐、法国餐、中国餐、越南餐、墨西哥餐，以及各式各样的美国连锁快餐，满足了不同层次的需求。这里的餐厅喜欢将一部分桌椅放置在与餐馆相邻的人行道上，而这些露天座席往往成为顾客们首选之地，因为在街边品尝美食别有一番情趣。这一带被划定为步行街，没有车辆通行。过往行人衣着光鲜，美女如云，构成一道亮丽的风景线。偶尔你还可以在行人中间发现几位好莱坞的电影明星，你若是追星族，不妨上前和他们攀谈几句，或者请他们签名留念。

在街边就餐，最大的优点还在于可以就近欣赏街边艺人的演出，这是一种免费的艺术大餐，当然，你如果觉得过意不去，也可以投点零钱。在美国，有一批数量不少的街边艺人，他们走南闯北，居无定所，即兴表演，以此谋生。倒不是因为他们的演出水平登不了大雅之堂，而是因为他们崇尚无拘无束的自由生活。纽约地铁，通常是这类人才的荟萃之所。在行进中的列车上，或者在通往地面的过道中，常能看到街边艺人的演出，吹拉弹唱，应有尽有。然而因为环境嘈杂，行人匆匆，终究比不上在圣塔莫尼卡街上幽静清闲，演员可以专心演出，观众可以静心欣赏。

街边艺人

我们看到一个男孩在那里心无旁骛地拉小提琴。他看上去不像正规的街边艺人，倒像是一位在读的学生，利用假日来这里练练身手。只可惜对他感兴趣的人不多，"罕有知音者，空劳流水声"。另一头有两个边弹吉他边唱歌的歌手，倒是吸引了不少人驻足围观。他们长发披肩，手臂刺青，一看便知是江湖老手。其实，美国乐坛的许多当红明星，未成名前也都有过当街边艺人的经历。街边是流行歌曲产生的摇篮，亦是推广流行歌曲的最佳场所。你的歌曲受不受群众欢迎，能不能流行开来，只要在街边一唱便知。

杂耍表演，是街边艺术的重要组成部分，这需要有点真本事真功夫。我们看到一个美国人在表演，他手持一个篮球，让球沿着左右手臂来回滚动。滚了一阵，又用指尖撑着球旋转。看了半天，期待着他下面还有什么绝招，结果大失所望，他像北京人所说的"天桥的把式——光说不练"。虽然他幽默诙谐的语言不时逗得观众哄堂大笑，但我听不大懂，觉得没啥意思。或许他是在表演脱口秀。美国的脱口秀有点像中国的单口相声，靠的是嘴皮功夫，应该归入说唱艺术一类。杂耍属于肢体艺术，需要下真功夫练习。在这方面美国人比不上中国人。中国讲究童子功，从小就苦练。只有刻苦训练，达到身体所能接受的极限，才能出成绩。

另外还有一位小有名气的来自中国的街边艺术家，是搞雕塑的。他在这里占据了一块地盘，每天按时到来，按时离去，就像上班一样。两把椅子，一张木桌，就是他的全部家当，寄存在邻近的商店里，用时搬出来就是。我们请他为我的小外孙塑像，讲定价钱，50美元，据说因为同是华人，他才给这样的优惠价。他让我的小外孙坐在他对面的椅子上，凝视片刻，便抓起一块拳头般大小的胶泥，捏拿起来。说来也怪，胶泥在他手中仿佛有了生命，一会儿便长出了眼睛、鼻子和耳朵，像极了我的小外孙。看得出来，这是专业雕塑家的水平。我跟他提起我认识的一位北京雕塑界的朋友，名叫张铁男，原是北京雕塑工艺厂的厂长，曾参与天安门人民英雄纪念碑的雕塑，后移居泰国，在曼谷逝世。他表示与张铁男认识。当我进一步问及他本人的身世和经历时，他

街边的猴子

闪烁其词，顾左右而言他，不愿告之，我当然不能勉强。

美国的金融风暴，使得美国经济百业萧条，唯独街边艺人这一行显得比往常兴盛。何哉？因为失业大军中有一部分人身不由己地转移到这里来。街边艺人属于自由行业，不需要有雇主聘，自己聘自己。工作时间随意，可长可短，收入也算可以，关键要有一种技艺。然而这并非每人都能具备，特别是银行职员等白领，失业之后很难再觅职业，领完三个月的失业救济金，便一筹莫展。所以中国有一句老话："家有百金，不如身怀一技。"这是中国人在经历漫长生存竞争的考验后获得的一条经验教训。美国人不懂，但他们会变通。在圣塔莫尼卡新增添的街边艺人中，出现了耍猴的人。他们自己没有什么技能，找一只猴子，给它穿戴衣冠，打扮得人模人样的，也不必像中国耍猴的那样教它戴面具、翻筋斗，只要它会跟路人伸手要钱就行。明码实价，一美元跟猴子合拍一张照片，许多小孩都喜欢试试。一天下来，收入不菲，但这不属于真正意义上街边艺人的艺术表演。我想，这位耍猴的先生，难说先前不是某金融机构的高层主管。想着想着，难免有些伤感，正如白居易的诗句所说："老心欢乐少，秋眼感伤多。"

2009 年 1—2 月

美国佛教圣地万佛城

美国是当今世界上科学技术最发达的国家，同时也是一个宗教盛行的国家。据《美国宗教组织词典》1993 年版的统计，美国各式各样的宗教组织有2500 个，几乎囊括了世界上所有的主要宗教和教派，美国人均拥有的宗教活动场所居世界之最。为何美国的宗教如此盛行？

美国人的宗教观

我有机会跟许多美国人接触，其中有信教的，也有不信教的；有文化程度高的，也有文化程度低的；有年长的，也有年少的。他们把宗教视作个人信仰，是一种人生观和宇宙观，信不信宗教和信什么宗教纯属个人自由，别人无权干涉。美国政府和一般民众皆对宗教持肯定态度，普遍认为在当代美国社会，宗教仍然是一种强大的道德力量，它引导着信徒们自律自省，弃恶扬善，既能将个人的邪念和犯罪欲望消灭在萌芽状态，也能帮助犯罪者幡然醒悟，改过自新。从这个意义上说，宗教是法律的补充，它在稳定社会秩序方面发挥着积极的作用。当然，这里说的宗教并不包括邪教，对于危害民众的邪教，例如大卫教派，美国政府还是明令禁止的。

正因为美国人对宗教持比较客观和尊重的态度，所以美国形成了各种宗教和教派皆可自由发展的宽松环境。美国人大概没有忘记，他们的祖先——一批来自英国的清教徒，正是为了追求宗教信仰自由，才于 1620 年乘"五月花"号船从欧洲来到美洲新大陆的。接纳移民和坚持宗教信仰自由，成为美国立国的两大支柱。因此，美国没有理由拒绝新移民，也没有理由拒绝新移民带来的新宗教。

在美国众多的宗教中，佛教占有重要的一席。美国的佛教始于 19 世纪中叶，是伴随着华人淘金者和华工来到美国的。到 1997 年，全美已有佛教徒 56.5 万人。其中 38% 的佛教徒生活在加州，大概是因为加州华人最多的缘故。其次是纽约州，佛教徒占全国佛教徒总数的 6.57%。十多年前我在纽约的时候，曾对那里的佛教寺庵进行考察，写了一篇《纽约的佛寺与香客》。纽约的寺庵多如牛毛，多数集中在曼哈顿的中国城和皇后区、法拉盛区、布朗士区、布鲁克林区的华人聚居区。这些寺庵规模较小，建在洋楼中，若没有中文写的寺名牌子，很容易把它当作一般的商业公司。唯有纽约市郊的大乘寺和庄严寺规模较大，外观也保持大屋顶、琉璃瓦的传统中国式样。比较起来，加州的佛寺颇具规模，洛杉矶的西来寺和旧金山的万佛城，闻名遐迩，蔚为大观。前年我到洛杉矶，有幸参观了西来寺。今年我到旧金山，又抽空拜访了万佛城。

佛教文化的传播者宣化老和尚

万佛城位于加州瑜伽市达摩镇，占地 480 亩，1976 年建成，作为佛教的十方道场。佛教城的创始人宣化老和尚是中国吉林人，生于 1918 年，1995 年圆寂。俗姓白，系农家子弟。父亲白富海，务农为业。母亲姓胡，是虔诚的佛教徒。宣化 19 岁时剃度出家，后辗转南下，到广东南华寺拜近代禅宗泰斗虚云法师为师，研习禅定，成为禅门沩仰宗的第九代传人。1949 年宣化和尚赴香港弘法，1962 年来到美国。他在美国成功地招收了第一批弟子，把禅宗介绍给美国人。他领导修建的万佛城，动用了 8000 万美元，建造了 70 多栋建筑，可容纳 20000 人。他在这里办起了法界大学，还创办了育良小学和东西医疗诊所。他是将佛教传入西方世界的先驱者之一，对于佛教在美国西海岸的拓展有很大贡献。

我们驾车从旧金山湾区沿 101 公路北行来到万佛城，老远就被一座中式牌坊所吸引，这就是万佛城的山门。牌坊建得很有气势，横亘在宽广的坦途上，汽车从中央门洞穿过，右侧便是停车

万佛城牌坊

场和总部办公室。恰逢礼拜天，来访的人很多。工作人员送我们一张《万佛圣城步道图》，用中英文标出各处的地理位置，特别指出僧尼和男女信众的宿舍不对外开放，此外所有的地方皆对公众公开。

我们照着《万佛圣城步道图》指引的顺序参观万佛城。整个环境清静幽雅，有山有水，有花有树，仿佛一个大公园。在万佛殿前，有一群孔雀，拖着长长的尾巴，旁若无人地悠闲漫步。特别是有几只白孔雀，通身洁白，一尘不染，显示出睥睨一切、高傲自得的样子。往远处看，可以看见马鹿在草坪上食草。清凉世界，万物和顺。这种和平宁静、吉祥如意的气氛，大概跟佛祖当年在印度修道的鹿野苑相似。

踏进万佛殿，正中供奉着宣化老和尚打坐的塑像。宣化老和尚于 1995 年 6 月 7 日圆寂，他的尸骨火化后，留下一颗舍利子，被供奉在塑像前的小玻璃柜中。按佛教徒的解释，唯佛陀或高僧圆寂后，方能出现舍利子。这是一种晶莹剔透的球状结晶物，被视为佛门至宝。我曾经瞻仰过中国陕西法门寺保存了上千年的佛指舍利，也曾拜谒过唐代高僧玄奘的灵骨，那天又有幸目睹了宣化老和尚的舍利子，算是结了佛缘。特别是读了《宣化老和尚简传》后，对他的生平事迹有了更进一步的了解，不禁对他肃然起敬。宣化来到美国以后，发愿把中华禅宗介绍给美国人。他虽然不懂英文，却于 1973 年成立译经院，组织美国学者和善信翻译和出版了百余种佛经的英译本，另有一些法文、西班牙文和越南文的译本。他广收门徒，利用禅宗"心心相印""直指见性""不立文字"的做法，披剃了 5 位美国男女青年出家，开创了美国有史以来第一次出现佛教僧团的记录。佛教在美国的迅速传播，使美国政府于 1987 年同意在军队中接纳僧人为随军神职人员，佛教得到美国主流社会的认可。由此，我联想到历史上的许多著名高僧，如不远万里到印度取经，又把佛经翻译介绍给国人的唐代高僧玄奘，双目失明、矢志把佛教戒律传到日本的鉴真大和尚等，他们早已名垂青史，受到后人的敬仰。宣化老和尚跟他们一样，都是佛教文化的国际传播者，都是舍身求法的大德高僧。宣化老和尚的事迹也应列入当代的《高僧传》。

在宣化老和尚塑像左侧，摆满了佛经，有中文本，也有英文本，印制精美，随人取阅。我信手翻了几册，计有《摩诃般若波罗蜜经》《大佛顶首楞严经》《佛说法灭尽经》等，中国难得寻觅，此地的善信们却以印造佛经来广结善缘，结果起到了在美国普及佛教理论和知识的作用。

中华禅宗传入美国后使佛教美国化

在佛教众多的门派中，大部分的宗派都源自印度，只有禅宗是中国特色的本土佛教——汉族佛教。禅原指静坐敛心、正思审虑，以达定慧均等之状态。佛教传入中国之后，禅之意义扩大，不必静坐敛心才是禅，即搬柴运水、吃饭穿衣等平常动作亦可称之为禅。出家人可以在日常劳作中禅修。这就是中华禅宗。胡适曾说："中国禅并不来自于印度的瑜伽或禅那，相反的，却是对瑜伽或禅那的一种革命。"或者说，中华禅宗体现了老庄思想。

中华禅宗强调，众生本具佛性，顿悟即可成佛。这不仅使烦琐的佛教简易化，也使从印度传入的佛教中国化。

中华禅宗的主要经典是《六祖坛经》《五灯会元》等，《百丈清规》则是禅宗的律。百丈禅师认为佛陀根据印度情况而制定的戒律，不便生搬硬套。他根据风土人情、地理等，博采大小乘戒律中适合中国国情的合理部分，制定出一部新的管理制度，这就是《百丈清规》。

宣化老和尚师承虚云法师，是禅门沩仰宗的第九代传人，也就是禅宗文化的传承者。他把禅宗传播到美国，即是把中华文化传播到美国，功不可泯，令人感佩。

我们虽不能目睹宣化老和尚在世时广招门徒，弘扬佛法的情景，但从万佛城道场的现状，可以窥见昔日的辉煌。

沿侧门进去，是一座宽敞的佛堂，数十人身披黄袍，正礼佛诵经。有华人和外国的比丘和比丘尼，还有不同肤色的居士和善男信女。禅宗的"禅"字，其原意就是"思虑"。他要思考的问题跟基督教和其他宗教大同小异，即：人是从哪里来的？何以活在世上？死后到哪里去？人类有什么前途？说到底，就是为了解答人对人生和许多未知事物应该持有的基本态度和情绪反应。禅宗以"参话头"的方式，启迪人们思考，从日常的普通经验中，悟出深邃的人生哲理，在清心寡欲的禅定中产生智慧。因此，禅宗比较多地受到美国知识分子的欢迎。

恒实、恒朝是追随宣化老和尚的两位洋弟子，出家前都在大学里攻读过博士学位，后来皈依佛门。从他们的学佛经历，可以窥见美国当代部分年轻人的心路发展历程。他们既习惯于美国社会的自由，同时又对某些放纵的生活心怀不满。他们披上了袈裟就是寻求解脱，但最难过的一关还是色戒。他们在日记里披露，每逢遇见漂亮的女孩，都禁不住要偷看几眼，事后又有一种内疚和自责。就这样在内心深处反复进行着人性和佛性的搏斗，从而达到精神的净化和升华。他们的日记，被收录在纪念宣化老和尚的文集中。

由佛堂出来，遇见两位女尼，正值妙龄，说一口流利的英语，她们正在更换宣传佛教的墙报。我真想走上去和她们聊几句，询问她们何以甘愿放弃繁华热闹的生活，而选择每日面对青灯古佛。尚未启齿，又觉得这样提问过于幼稚，她们之所以这样做，当然是经过深思熟虑的。她们是根据自己的人生体验，重新选择了一种文化，重新选择了一种信仰，并在这种文化和信仰的规范下开始一种新的生活。她们对精神的追求，超过对物质的追求，在美国属于不可多见的年轻一代。

万佛城里还寄宿着许多善男信女，其中有贫民，也有富人，只要提出申请，便可来这里修习一段时期。至于生活费用，采取"随喜功德"的办法，富者多出，贫者少出，体现出"众生平等"的原则。我有一位亲戚，在洛杉矶经商，曾专程到此住过一些时日。据她说，这种做法，颇有益于身心健康。忙里偷闲，使精神有一种依托；闹中求静，使肉体得到一些放松。她属于不贫不富之人，住了两个礼拜，捐了几千美元。

出来的路上，陆续遇见一批批驾车访问万佛城的美国人。我感到，佛教在美国的传播，有如"春雨润物细无声"。

2003 年 11 月

得州的牛仔与最"牛"的华人

得州是美国第二大州,全称得克萨斯州,源于印第安语,是"朋友"或"盟友"的意思。然而,美国并非通过"朋友"或"盟友"的方式将得克萨斯纳入美国版图的,而是在1846年发动的美墨战争中用武力战胜墨西哥后,将原来属于墨西哥的得克萨斯收入囊中。由是之故,在现今得州的常住人口中,人口构成复杂,其中大部分是白人,其次是来自中南美和墨西哥的拉美裔,非洲裔、亚裔占比较小,此外还有印第安原住民等。亚裔之中,华人人数最多。

得州最出名的当数牛和牛仔。牛和牛仔的关系密不可分,有了牛,就一定要有牛仔。得州的第一头牛据说是由发现美洲新大陆的哥伦布带过去的,他在环球航行时把西班牙牛带到西印度群岛和中关、南美沿海地区繁衍。1525年，这些西班牙种的长角牛开始由西印度群岛进入北美。到18世纪初，得州养的牛已达5000万头，是全美养牛最多的一个州。当时，贯穿美国南北的铁路尚未修通，大批的牛群需要从得州长途跋涉送去北边的芝加哥屠宰加工，而负

得州的牛雕像

责带领、护送和照管牛群的人便是牛仔。牛仔是一种职业，也是富于探险精神、能够吃苦耐劳、勇于进取、敢于负责的象征。他们头戴宽边毡帽，脚踏长筒马靴，骑着高头大马，腰间别着手枪。早期的牛仔是不穿牛仔裤的。牛仔裤的发明是1853年的事。从德国移民来美的犹太人李维·施特劳斯用帆布为牛仔制作工作裤，便是牛仔裤的滥觞。一百多年来，牛仔裤风靡世界，为世人所喜爱。

时至今日，牛和牛仔仍然是得州的骄傲。福沃斯是得州所有

城市中"牛仔文化"最浓郁的一个旅游城市。在繁华的市区，第一眼看到的是在一幢古老建筑的正面墙上有一幅巨大的浮雕——两个牛仔正驱赶着一群牛踏上漫长的旅途，把 1867—1875 年间牛仔们送牛到北方的这段历史生动形象地镌刻在人们的心中。该市有的志愿者，还把自己打扮成牛仔的模样，骑着马沿街溜达，跟游客们互动交流。每天下午 4 点，他们都要作一场牛仔驱牛的真人秀，供游客参观，不收钱。

对于牛仔文化，许多中国朋友缺乏了解，甚至还有些害怕。你看那些牛仔，个个骑着高头大马，头戴牛仔帽，身穿牛仔裤，威风凛凛，别着手枪，这不仅是美国西部大片中的牛仔形象，也是现实生活的写照。时至今日，得州还是全美持枪率最高的一个

福沃斯城中的牛仔浮雕

州，几乎人人有枪。美国法律明文规定，未经主人同意，任何人不能擅闯私宅，否则主人可以开枪将其打死，但在得州，特别是在号称"玫瑰花之都"的泰勒小镇，如果你想去别人家的后花园赏花，别怕，没人会向你开枪。

得州牛仔的豪爽，还可从他们的饮食习惯中得到体现。他们喜食牛排。得州牛排，举世闻名，肥美多汁，块大量足。巴掌大的牛排，一餐要吃两份。大块吃肉，大碗喝酒，神似中国古代的绿林好汉。

达拉斯是得州重要的工业城市，被称为石油之都，也是美国的太空研究中心。前几年，由于加州硅谷的地价和房价猛涨，许多高科技的 IT 行业相继从加州迁到达拉斯，使这个城市的地位变得更为重要。然而，工业的发展并没有让达拉斯人忘本，他们知道这座城市的发展之路最初是由牛仔赶着牛群踩出来的。因此，在市中心的小山丘上，屹立着牛仔和牛群的铜像。牛仔精神无可非议地成为这座城市前进和发展的动力。

达拉斯是美国前总统乔治·布什的家乡，2009 年 1 月 20 日布什任满离职后就搬回这里住。他花了 200 万美元在达拉斯的富人居住小区买了两栋房子，一栋给警卫人员住，一栋自己住。在他回来之前，周围的邻居就在路边置放了标语牌——"Welcome Home"，即欢迎布什回家。布什自小在得州长大，1968—1973 年在得州国民警卫队空军当飞行员，1994—2000 年连任 2 届得州州长，算得上是一个得州的牛仔了。布什第一届内阁中担任副国务卿的理查德·阿米蒂奇则干脆把布什政府称为"牛仔政权",并对他的政绩作了勉强及格的评价。他认为布什在"9·11"事件时确保美国的安全,显示出牛仔的勇气,但在对伊拉克发动战争时没有仔细考虑后果,处理2005年"卡特琳娜"飓风造成的危害时所采取的对策有败笔,在朝鲜核问题谈判中显示出莽撞的"牛仔外交"。总之,布什的所作所为皆被打上牛仔的印记。有一次布什在一家餐厅吃饭,饭后应邀为餐厅题字,结果字母拼写有误。店主将这张错字题词悬挂出来,以彰显他不拘小节的牛仔风格。尽管大家对布什执政8年的评价有毁有誉,但对布什回归故里一致表示欢迎。布什为人也很低调,他购买的100万美元一栋的房子在这个小区并不起眼,从外观看还不如他邻居的房子气派。唯一特殊的是布什门前的信箱装有密封装置,以防信件被偷。这就是一位退休美国总统所享受的特权。

得州的达拉斯、休斯敦等大城市无一例外都有中国城,而且规模宏大,气概不凡。历史上记载的百年前的那些华人小杂货店早已荡然无存,代之而起的是大型华人食品超市,专营来自中国的商品。因其资本雄厚,销路广阔,足以跟美国的各种名牌连锁店如沃尔玛等抗衡。

新一代的华人移民较之老一辈又有了一个质的飞跃。老一辈的华人移民来到美国,起点较低。没有文化,没有资金,全靠干苦力活及节衣缩食攒下第一笔资金,然后开始尝试做点小生意,当个小老板,经过若干年甚至几代人的艰苦奋斗,才将生意做大。这是老一辈华人的普遍发展模式。新一代的华人移民一般起点较高，有良好的教育背景，有专业特长，一开始工作便可以进入公司当白领。特别是伴随电子高科技工业的发展，年轻华人在数学和电脑专业方面的天赋，使得他们在 IT 行业独领风骚。加州硅谷的各大公司，华人工程师支撑着大半边天。随着这些公司为降低生产成本而由加州向得州迁徙，一大批年轻的华人精英也来到得州。他们的收入高，年薪在 10 万美元以上，有一位名叫埃里克的中国留学生，在美国获得计算机硕士学位后，先后在萨巴和诺基亚等大公司工作。因为他技术在行，能解决一些其他人难以解决的技术难题，故猎头公司常鼓励他跳槽，每跳一次槽，换一次工作，就涨一次工资。现在他在硅谷最大的一家芯片制造公司工作，担任主管工程师的职务，年薪 15 万美元，平均每天工资 500 美元，在美国也算高收入了。因为他在得州买了房，想去得州住，就向老板提出辞职。在世界金融危机的影响下，全美失业率高达 8%，很多人担心失去饭碗，他却公然炒老板的鱿鱼。结果，还是老板跟他妥协，付他 1 万多美元的搬家费，同意他在得州家里上班，每天相隔 1000 多公里通过网络为位于硅谷的公司工作。不用打考勤，在家里上班。

当然，在得州生活过的所有华人中，最牛的人非姚明莫属。正所谓"天下谁人不识君"，美国人可能不知道自己州长的名字，却没有人不知道姚明。美国人追星成风，当球星、影星，比当总统还风光。姚明在火箭队打球，年收入上 7 位数。位于休斯敦的威斯海莫街 9755 号有一家姚餐厅，是姚明的父母及其朋友联合开办的一家中餐馆，投资 150 多万美元，有 440 个座位，分酒吧和餐厅两部分，装修豪华。姚餐厅是基于姚明的影响力甚广而创建的，由于名人效应的缘故，餐馆的生意不错。我们慕名前去参观的时候，因为刚刚在其他地方吃过午饭，故没有在姚餐厅用餐，回想起来，还有些遗憾。

2009 年 5—6 月

亨廷顿图书馆的中国情结

　　美国的图书馆之多，堪称世界之最。图书馆大概是仅次于教堂之后全美数量最多的公共建筑设施。它分为两大类：公立图书馆和私人图书馆。公立图书馆按其规模和等级又可分为国家、州、市、社区图书馆，还有各大学、科研机构的图书馆；私人图书馆则包括历届卸任总统修建的总统图书馆和一些著名企业家、慈善家捐赠的图书馆。

　　有人曾经为图书馆下了一个定义：图书馆是采集、整理、保存各种图书资料以供读者利用的机构。

　　早在公元前 7 世纪，人类就创建了第一个图书馆。考古学家于 19 世纪末在两河流域的古文明遗址中发现了大量用楔形文字刻写的泥版书，就是最早的宫廷图书馆的遗物。伴随着人类文明的进步和发展，图书馆在保存人类文化遗产、实现社会文化传承、丰富人类文化生活等方面的职能日益完善，成为构成人类社会不可或缺的一个组成部分。图书馆的数量、规模和质量在一定程度上反映出那个国家或社会的科学文化水平及人们的精神文化素质。尽管美国只有200多年的历史，但它在图书馆的数量、规模和质量上皆达到国际一流水平，显示出其对图书馆的重视。这也是美国得以长期保持科学发展、文化发达、经济繁荣的一个重要原因。

在美国众多的图书馆中，亨廷顿图书馆是一个颇有特色的私人图书馆，它不但集图书馆、艺术馆和植物园为一身，成为一个综合的文化符号，而且与中国有一种割不断的渊源。因此，凡是来洛杉矶的华人，都要到此一游，并非都是为了看书，更多的是为了参观这里的园林和艺术品，并亲身体验一下这里的中国情结。

亨廷顿图书馆是由美国"铁路大王"亨利·亨廷顿（1850—1927）创建的。在美国西部开发的时代浪潮中，年仅21岁的亨廷顿协助其叔父修建西部铁路，积累了大量的财富。60岁退休后，他的兴趣和精力转向收藏珍版图书、名人手稿和艺术品。在他辞世之前，他把总面积达83多万平方米的圣马力诺庄园及所有的图书和艺术品收藏，全部捐给一个非营利的教育托管会，用以建立亨廷顿图书馆，同时还留下800万美元作为图书馆的维持和管理费用。

亨廷顿生前非常喜欢中国文化，他希望他的图书馆能保持一种其他图书馆所缺少的中国元素。1912年他买了一个茶馆，增加了一些建筑，包括一座刷上红漆的中式木桥，构成众多园林中独具特色的亚洲园。这就是现在扩建的中国园林流芳园。亨廷顿为什么对中国情有独钟？除了中国文化博大精深外，我想这恐怕跟他本人的经历有关。亨廷顿是靠修铁路发家的，而成百上千的华人华侨正是当年修建美国西部铁路的主力军。在亨廷顿家族积累的资本中，也包括华工们创造的财富。当开明而有远见的亨廷顿决定将毕生积蓄用于修建图书馆来回馈社会的时候，他自然也不会忘记感恩中国和中国人。

相似的事例还有一个，纽约哥伦比亚大学的中文图书馆，也是一位名叫卡宾特的美国将军为了感谢他的华人管家丁龙而创立的。卡宾特早年毕业于哥伦比亚大学，后在纽约经营房地产致富，在军队取得将军的官衔。他性格暴戾乖张，唯具有儒家宽容忍让精神的管家丁龙才能与他相处。然而有一天，卡宾特与丁龙还是爆发了冲突，卡宾特大骂丁龙一顿并把他解雇。第二天，卡宾特起床后发现丁龙已经走了，但离开前照旧为他准备好了早餐。卡宾特有感于丁龙所具备的良好的中国传统文化修养，特捐赠20万美金给自己的母校，用以设立"丁龙中文讲座"，丁龙也捐赠了12000美元。为配合教学需要，这笔基金的一部分用来购买中文书，这就是1901年哥伦比亚大学中文藏书之始。翌年，哥伦比亚大学校长罗塞斯又从中国获得一套价值7000美元的《古今图书集成》。百余年来经过几代人的努力，现今哥伦比亚大学的中文图书馆已经成为全美中文藏书最多的图书馆，不仅收集了中国的古今名著，就连一些旧报纸都很齐全。

由此，我们不难理解许多美国友好人士的中国情结。

同样，许多中国人也有很深的美国情结。比如说来自广东台山的陈宜禧（1844—1929），他与亨廷顿是同一时代的人，并同样因修建美国西部铁路而致富，说不定他们还曾经相识。陈宜禧15岁参与修建美国西部铁路，后组建公司充当包工头而发财，60岁后回到广东承建新宁铁路，并不遗余力地在中国传播先进的西方文化。他一生大部分时间都是在西雅图度过的，被美国历史学家誉为缔造西雅图城市的60位"城市建造之父"之一。此外，还有现在被列为世界非物质文化遗产的广东开平碉楼，也是许多在美国西部修铁路的华工们挣到钱后回乡修建的。开平碉楼中西结合的建筑样式，同样也体现了中国人的美国情结。

亨廷顿辞世以后，亨廷顿图书馆的同仁们一直遵循先生生前的理念，希望扩建中国园。但由于经费缺乏，迟迟不能破土动工。直到1999年图书馆的一位董事潘纳克辞世，他在遗嘱中留下1000万美元，指明用于建造亨廷顿图书馆中的中国园林。接着，图书馆又得到纽约安泰保险公司的50万美元捐赠，使流芳园的兴建有了资金保障。同时，中国方面亦积极配合，由苏州园林建筑设计院承担规划设计，才把中国古典的园林建筑艺术原汁原味移植到美国来。

流芳园

亨廷顿图书馆的中国园林被命名为"流芳园",典出曹植《洛神赋》中的"步蘅薄而流芳",形容美丽的洛神以轻盈的步履踏着芳草而来,一步一阵幽香。这是多么具有诗情画意的意境啊!比这种诗情画意更令人回味的是,许多芳草和树木,都是由洛杉矶的华人、华商捐赠的,其中不少就是当年修建美国西部铁路华工的后代。我的亲家翁郑辉成是一位以越南难民身份来美的华人新移民,他也捐赠了几棵树。在流芳园一片片葱郁茂密的林木背后,我们看到的是一个个华人、华商的身影。

可以说,流芳园的建成,为亨廷顿图书馆增添了一本大部头的珍版图书。翻开这本书,在你眼前展开的是一幅精美的山水画卷。这是因为中国古典园林的设计就是遵循山水画的原则来谋篇布局的。亭台、拱桥、长廊、漏窗，错落有致；小桥、流水、假山、怪石，变幻无穷。在有限的空间之内，造成"山重水复疑无路，柳暗花明又一村"的景象。流芳园占地4.8万多平方米，是中国境外规模最大的中国园林，计有九园十八景，以春桃、夏荷、秋桂、冬梅来表现四季的变化。楼台馆阁，各有其用："玉镜台"可供赏月，"玉茗堂"可供品茶，"爱莲榭"可供赏莲，"赏鱼桥"上好观鱼，"落燕洲"畔看鸟飞，"活水轩"中听水声，"涤虑亭"里修禅心。再配上一些中文楹联，情景交融，启迪深思。比如爱莲榭的对联为：污泥岂能染，香淡远益清。活水轩的对联为：小石冷泉留早味，紫泥新品泛春华。玉茗堂的对联为：流水可为琴曲听，好山须作画图看。涤虑亭的对联为：流水可清心，芳山宜静观。这些自然景观，被赋予人文思想，使园林变得生气蓬勃，有魂有魄。

长廊亭榭

除开新建的中国园林流芳园外，旧有的日本园林、莎士比亚园林、澳大利亚园林、亚热带园林、仙人掌园、沙漠园、玫瑰园、山茶园、棕榈园、橘子园等也各具特色，共有奇异花卉25000多种，占地面积52万多平方米。难怪许多人乘着节日假期，扶老携幼，结伴而来，不为看书，只为赏园。亨廷顿图书馆的园林建筑为图书馆增添了新的文化内涵。图书馆的定义似乎不能仅局限于"采集、整理、保存各种图书资料以供读者利用"的旧概念了，而应该成为扩大知识面、促进文化交流、增进各国人民友谊的重要场所。如果说，书是可以触摸的灵魂的话，那么图书馆就是展示各种灵魂的殿堂。

2009年4月11日—7月12日，亨廷顿图书馆推出了"翁氏珍藏书画精品展"，展品包括光绪皇帝的老师兼重臣翁同龢及其家人收藏的41件中国书画精品。这些稀世珍宝是由翁同龢的玄孙翁万戈历经战乱而保存下来的，其中有翁同龢本人的墨宝、日记、古玩和文具用品。明清著名文人沈周、文徵明、董其昌、陈洪绶、朱耷等人的书画，南宋宫廷画家梁楷的白描工笔画《道君像卷》，17世纪的画家王翚长达16米的《长江万里图》也一并展出。每件珍藏都有它的历史故事。《长江万里图》是1875年翁同龢挪用准备盖新宅的400两银子购得的。这个展览，取得了轰动效应。

亨廷顿图书馆的负责人说，今后还要经常举办类似的宣传中国文化的活动。我们怀着极大的期盼翘首以待。

2010年1月

土耳其——连接欧亚大陆的纽带

　　土耳其是世界上少数几个横跨欧亚大陆的国家之一，而伊斯坦布尔则是世界上唯一横跨欧亚两大洲的城市，它通过全长 1560 米的横跨博斯布鲁斯海峡的阿搭土尔克大桥把欧洲和亚洲连接起来。因此，土耳其不可避免地成为东、西方经济文化交流的交汇点，也是中国古代丝绸之路亚洲之途的终点。

　　到土耳其旅游，令人耳目一新，眼界大开。

一、 文明和信仰的发祥地

　　历史名城伊斯坦布尔不仅是世界上唯一横跨欧亚两大洲的城市，也是欧亚文明和多种宗教信仰的发源地。早在公元前 680 年，多利安人就在这里建立了卡其顿统治。公元前 513 年波斯人控制了这一地区。公元 196 年这里被划入古罗马帝国的版图。

公元 330 年，君士坦丁大帝把都城从意大利罗马迁到这里，并将该城命名为君士坦丁堡。基督教开始在这座城市传播，继而，这里一度成为世界基督教的中心。公元 395 年，古罗马分裂为东西两部分，君士坦丁堡成为东罗马（拜占庭）帝国的首都。公元666—870 年，阿拉伯人多次试图攻占而不逞，中间经历了多次十字军与伊斯兰军队的战争，直到 1453 年才被阿拉伯人占领，改名伊斯坦布尔，成为奥斯曼帝国的首都。1923 年土耳其共和国成立，废除君主制，把首都迁到安卡拉，但伊斯坦布尔依然保持国际大都会的地位。

在伊斯坦布尔旅游观光，可以强烈地感受到欧亚文明的碰撞和交流。市中心的古赛马场，汇集了各个历史时期的文物与古迹。最初，罗马人在这里赛马，这是一个可容纳 3 万名观众的竞技场。从这里你可以窥见希腊、罗马崇尚体育竞技的优良传统。后来，赛马场变成拜占庭帝国展示战利品的露天博物馆。其中最有名的当数埃及方尖顶石碑，建于公元前 15 世纪，于今已有3500 多年的历史，公元 390 年拜占庭国王狄奥多西一世把它从埃及卢克索的太阳神神庙搬来。石碑由一整块巨石制成，重 300吨，原高 30 多米，因运输不便而被截成 20 米。石碑上端镌刻着埃及法老与太阳神携手的图像，并用埃及古老的象形文字记述了埃及法老的英勇善战。这块石碑具有非常宝贵的历史价值，因为它见证了埃及古老文明的发展演变。

离埃及方尖顶石碑不远的蛇形青铜柱，则是希腊古文化的代表。它铸于公元前479年，原是为了纪念希腊人打败波斯人而建的，由一个直径2米的黄金基座和3条盘绕向上的青铜蛇组成，原高6.5米。公元326年，君士坦丁大帝将它从希腊特尔菲的阿波罗神庙移来。现黄金基座早已遗失，青铜蛇头已被损坏，剩下5米高的蛇形青铜柱，仿佛在叙述历史的沧桑和欧亚文明的碰撞。

本来，欧洲的希腊最初是信仰多神教的，他们信仰宙斯、雅典娜女神、阿波罗太阳神等。多神的并存，使得神权不易高度集中，很难形成专制独裁的统治，因此，民主传统是希腊人带给人类的伟大遗产。当希腊被置于罗马帝国的统治下之后，罗马的基督教代替了希腊的多神教，君主专制取代了以长老会议为代表的民主政治。

建于公元532—537年的索菲亚大教堂展现了罗马帝国时代基督教的辉煌。东罗马帝国国王朱斯提尼安招募了全国最好的100多名建筑师和10000余名工匠，选用最上等的建筑材料，费时5年，才建成被誉为"上帝智慧"（索菲亚）的大教堂。这是当时最神圣、最伟大的一幢宗教建筑。它被作为基督教教堂使用了916年，直到被奥斯曼帝国占领后，才被改作伊斯兰教的清真寺，使用了418年。土耳其共和国成立以后，作为博物馆向公众开放。

蓝色清真寺则是奥斯曼帝国时代创造的宗教建筑的奇迹，整个工程于1609年开工，1616年完成，占地面积宽广，拆迁原属于古赛马场的许多建筑，包括拜占庭时期的皇宫、议会大厅和达官贵人的豪宅，方在全市的中心位置建立起来。整幢建筑的豪华装修是无可比拟的，光是装饰清真寺大厅内墙的瓷砖就用了2万

伊斯坦布尔的清真寺

多块，由皇家作坊定制生产。大厅内铺着几百平方米的真丝地毯，就连照明用的灯油都是从外国进口的。清真寺的圆形拱顶全部用蓝色瓷砖镶嵌，远远看去与蓝天融为一体，这就是它被称为蓝色清真寺的原因。原先国王命令建筑师用黄金构建宣礼塔，但是土耳其语的"黄金"和"六"谐音，建筑师误解了国王的意思，一反清真寺一般只有四个宣礼塔的惯例，建了六礼塔，像六支尖尖的竹笋直插云霄。每天到了规定的时刻，阿訇登上宣礼塔，大声呼叫让市民们开始做礼拜。于是，不管是正在行走或是做事的人，都立即停下来，面对麦加方向，匍匐在地，虔诚礼拜。现在我们看到的是，宣礼塔装上了喇叭，代替以往阿訇的呼叫。喇叭里的音乐一响，人们便开始做礼拜。

在古赛马场几平方公里的范围内，各个历史时期的文物和遗址清晰地再现了土耳其人民所受到的欧亚文明的影响和宗教信仰的嬗变，使游览观光者受到极大的教育和启示。

二、 托普卡泊皇宫

托普卡泊皇宫是奥斯曼帝国时期的皇宫，建于 1475—1478 年。"托普卡泊"是"炮台"的意思，因皇宫门口有一大炮台，故名。

托普卡泊皇宫的占地面积为 70 万平方米，抵得半个摩洛哥城，约是梵蒂冈的 2 倍，由长达 5 公里的城墙环绕。在里面居住的皇亲国戚及仆人、侍卫多达 5000 人，光是厨工，麦哈麦德时期就有 1200 人，每天准备的食物可供 20000 人食用。这大概是有史以来世界上最大的皇宫厨房。现今还保存着当年使用过的大锅、大勺、大秤、大盘、大碗。有的大瓷盘直径半米多，有的大海碗像个小脸盆。最有趣的是这里收藏的瓷器多达 12000 多件，是继中国和德国之后世界第三大瓷器收藏馆。收藏最多的是中国瓷器，其次是日本、德国和波兰的瓷器。中国瓷器中，唐、宋、元、明、清等历代瓷器皆有，这当然跟丝绸之路有关。伊斯坦布尔是由中国出发横跨中亚的陆上丝绸之路的终点，也是海上丝绸之路连接中国与欧洲、非洲的必经中转地。特别是 1405—1433 年间，郑和率领庞大的船队七下西洋，多次到达奥斯曼帝国。厨房收藏的许多明代瓷器，很有可能就是郑和送来的礼物。

后宫是王后和嫔妃的住所，在阿拉伯语里称为"哈然"，意即"禁地"。过去是绝对不许外人进去的，现在开放供游人参观，但要另外购票。当时也有太监，太监负责伺候和保护后宫佳丽，我们参观了太监住过的房子。另外还有一间四壁用马赛克镶嵌的精美房子，是专门为苏丹的儿子们举行割礼的地方。

最能体现奥斯曼帝国富有的地方是珍宝储藏室，15世纪时世界七大宝石饰品统统收藏在这里。一枚名叫卡尔士克的钻石重达86克拉，一个黄金宝座上就镶了25000颗珍珠，黄金烛台、黄金餐具、黄金水烟斗和各种黄金用具不计其数，就连拐杖、枪支、匕首上也镶满了名贵珠宝。

三、 文化传播的通道

土耳其是一条文化传播的通道，把东亚文化传播到了西亚，乃至传播到了欧洲和非洲。

中国的陶瓷，正是通过土耳其沿着古代丝绸之路向外传播的。导游带我们去参观一个名叫阿瓦诺斯的地方，这是土耳其有名的陶瓷镇，相当于中国的景德镇。镇上有一幅浮雕图案，生动地再现了陶瓷的生产过程，一个土耳其老汉神情专注地用双手制作陶坯。直到如今，土耳其的陶瓷工厂仍保持传统的手工制作。在一间大商场里展示着各式各样的瓷器：瓷盘、瓷罐、花瓶等。这些瓷器，胎质细腻，体态轻匀，承袭了中国瓷器的特点，但造型独特，色彩艳丽，图案别致，又充分显示了土耳其民族文化的特色。陶瓷商品一旦具备自己鲜明的特点和个性，就会受到大众的喜爱，成为各国游客争相购买的旅游工艺品。土耳其陶瓷还成为该国的出口支柱产业，特别是建筑瓷和卫生瓷，大量外销到美国和欧洲。

除了陶瓷以外，土耳其最受欢迎的旅游商品要数地毯。土

陶瓷镇上的浮雕

耳其地毯和藏毯、波斯地毯合称世界三大名毯。土耳其地毯之所以名贵，是因为它用料讲究，采用上等羊毛或真丝做原料，经过传统的工艺流程加工，用手工织成。在颜色搭配及图案绘制方面富有创造性的表现，充分展示了土耳其文化艺术的精华。自古以来，土耳其地毯便是身份地位和财富的象征。欧洲的皇室和贵族，在其财产或遗产的清单中，常记录着有若干张土耳其地毯，被当作他们的传家之宝。现今，百年以上的地毯被视为古董，价值不菲，且不准轻易带出土耳其国境，除非获得土耳其博物馆开具的证明。地毯在土耳其人的日常生活中具有十分重要的作用，

成为他们生活中不可缺少的一部分。地毯不仅可以铺在地上作为装饰,还可以挂在墙上,遮挡阳光和隔热。一般说来,真丝地毯的价格是普通羊毛地毯的三倍。伊斯坦布尔著名的蓝色清真寺里所铺的数百平方米的地毯,全是真丝地毯,仅此一点,就能大大提高蓝色清真寺的身价。

说到蚕丝,不得不联想到中国。中国是丝绸的发源地,这已是众人皆知的事。导游带我们去参观一家土耳其有名的地毯厂,这大概是所有来此地旅游的外国游客的必备节目。我看到一位裹着头巾的中年妇女,从煮着蚕茧的热锅中,将一缕缕的蚕丝抽出来。这种剥茧抽丝的方法,跟中国的传统方法如出一辙。还有几位年轻姑娘,面壁而坐,在一个古老的木架上,精心编织地毯。"窗下掷梭女","扎扎得盈尺"。难怪挂在橱窗里的一幅真丝地毯,开价就要几千美元。当然也有比较便宜的,旅游景点的地摊上出售的地毯,一般群众都买得起。

北京大学荣新江教授是研究西域史地的专家,2016年9月他在北京外国语大学作了一个叫"行走在丝绸之路上"的讲座,列举了很多考古资料说明土耳其在中西文化交流中曾经发生过的重要作用。相信,在当前新形势下,在"一带一路"建设的过程中,土耳其一定能够重谱新篇章。

2017年9月

希腊的宗教与文明

刚走出雅典国际机场，我就感受到一股浓郁的宗教文化氛围。导游是一位来自中国的留学生，他如数家珍地向我们介绍说，这几天内要带我们去看卫城的雅典娜女神庙、宙斯神庙和一些古老的宗教文化遗址，一下子把我引入了儿时读过的《希腊的神话和传说》扑朔迷离的梦幻境界之中。

古希腊人信奉的宗教，与现今世界上广为流传的佛教、基督教和伊斯兰教不同，它没有宗教的创始人，没有阐述宗教教义的经典，没有严格的宗教等级和专职神职人员，没有烦琐的教规和祭祀仪式，只有浩如烟海的神话故事和传说。信徒们从小就对这些神话故事耳熟能详，并通过诗歌和传说将这些故事一代又一代地传下去。这些故事有不同的版本、不同的译法，给每个人留下了按照自己的意愿去进行诠释的空间。所以说，古希腊的宗教是一种自由的宗教。

古希腊宗教的自由传统，还表现在对神的信仰上。信仰什么神，赋予这尊神司什么职能，举行多大规模的祭祀活动，以及宗教节日的确定等，都不是由某个人说了算，而是由公民议会进行民主讨论决定。

在希腊的神话世界中，宙斯是至高无上的神，是众神之王。他的本领很大，几乎无所不能，但同时他也跟普通人一样具有弱点和缺点。他的子女有的是神，有的是半人半神。从某种意义上讲，希腊诸神只有首先变成人，才能最终变成神。人性和神性的有机结合，使得希腊的神祇具有很大亲和力。

我们来到宙斯神庙的遗址前参观。这座规模宏伟的神庙，始建于公元前 470 年，历时 14 年，于公元前 456 年完工。神庙长 108 米，宽 52 米，由 104 根高达 17.25 米的石柱支撑。庙里原来供奉着一尊 12.2 米高的宙斯像，用黄金、象牙和木材制成。可惜公元前 86 年罗马人攻占雅典时，宙斯神像遭受严重破坏，一些高大的石柱和大理石建材被运到罗马，只剩下 13 根石柱。

雅典娜女神庙，又称帕提侬神庙，坐落在高出地面 100 多米的小山上。无论你置身雅典城何处，翘首皆能望见。雅典娜女神是雅典城的保护神。传说当初雅典娜和波塞冬争当新建成的雅典城的保护神时相约，谁能为人类提供一件最有用的东西，谁就获胜。波塞冬提供了一匹战马，雅典娜提供了一棵橄榄树。因为橄榄枝代表和平，所以雅典人选择雅典娜当保护神。公元前 5 世

雅典娜女神庙

纪，雅典人耗费了巨大的财力和人力，建造了美丽雄伟的雅典娜女神庙。尽管我们现在已经不能看到神庙的原貌，但光是仅存的遗迹已足以让我们叹为观止。46 根高大的石柱，支撑着巨大的大理石中楣框架，框架上镌刻着栩栩如生、姿态各异的神像。每根石柱都微微向内倾斜，使人感到一种视觉美。特别是整座神庙的造型，应用黄金分割的原理，因而更具美学价值。

所谓黄金分割，是指将一个整体一分为二，较大部分与整体部分的比值等于较小部分与较大部分的比值，其比值约为 0.618。这个比例被公认是最和谐、最能引起美感的比例。黄金分割的原理，早在公元前 6 世纪就由古希腊的哲学家、数学家毕达哥拉斯提出来。有一天他走在街上，经过铁匠铺时，听到打铁的声音非常好听，就驻足倾听。他发现铁匠打铁节奏很有规律，这个声音的间歇比例被毕达哥拉斯用数学的方式表达出来，于是发现了黄金分割的比值。当然，这是个故事传说，实际的情况应该是毕达哥拉斯学派在研究正五边形和正十边形的作图过程中发现的。公元前4世纪，数学家欧多索斯对黄金分割进行了系统研究。公元前300年，欧几里得的《几何原本》成为关于黄金分割理论的最早论著。黄金分割比不仅在绘画、雕塑、音乐、建筑等艺术领域，而且在管理、工程设计等方面都有着不可忽视的作用。

走在雅典的大街上，随处可看到希腊文的招牌和标语。我们虽然不懂希腊文，但对希腊字母却是熟悉的，因为希腊字母被广泛地当成数学符号使用：阿尔法、贝塔、伽马、欧米伽……令人不得不由衷赞叹希腊人对人类科学发展所做出的杰出贡献。

古希腊的哲学也是十分辉煌的。早在公元前6世纪，古希腊的哲学家就提出世界不是神创造的，世界的本原是水、空气、火等物质元素。这是西方唯物主义哲学的滥觞。另一派哲学家则认为，万物的本质不是物质性的元素，而是抽象的原则。毕达哥拉斯认为是数。用数的观点解释世界，实在是非常了不起的事。联系到目前数码技术的广泛应用和蓬勃发展，不得不佩服毕达哥拉斯的认识超前了几千年。还有奠定现代物质结构学的先驱德谟克利特，他把物质的本原归结为最小的不可分的原子，指出原子没有性质上的差异，只有形状、排列、状态的不同。在当时极度缺乏科学实验手段的条件下，他能取得这样的真知灼见实属难得。

古希腊的人本主义思想为西方民主制度的建立提供了理论依

据。他们把人当作万物的尺度，把人的感觉和利害关系作为衡量是非善恶的标准。伊壁鸠鲁说过，事物运动的原因在事物内部，还说，快乐是生活追求的目的。这些思想，像金子一样闪光。

导游把我们带到雅典大学参观。雅典大学没有围墙，人楼临街而建。主体建筑用大理石建成，门前立着跟神庙一样的巨型石柱，成为希腊公众建筑的一个显著特点。楼前有个小广场，广场上立着柏拉图和他的学生亚里士多德的两尊坐像。这是两位对希腊和全世界产生过重大影响的学者。在他们身边两根高耸的石柱上，站着雅典娜女神和太阳神阿波罗的塑像。我想，神在天上，人在地上，倒也合乎逻辑。

希腊的绘画和雕塑是艺术领域里的一枝奇葩。从公元前若干

女神塑像

世纪开始，希腊的画家和雕塑家们就很好地掌握了人体解剖学的知识。因此，希腊绘画和雕塑中所表现的人物形象都很合乎审美观点及实际比例，非常注重刻画骨骼的匀称和肌肉的健美，面部表情生动并能反映人物的内心世界。希腊的写实和中国的写意是两种完全不同的艺术手法，各有其欣赏价值，但从清朝末年西洋画法传入中国后，中国的绘画雕塑也发生了改变。

我注意到，满街行走的希腊人，他们的面孔跟雕像的面孔十分相似：清晰的轮廓，高鼻梁，无论从正面或从侧面审视，都很美。与我们同来的沈教授是一位酷爱摄影的发烧友，他用随身携带的长焦镜头，捕捉了许多希腊美女和小孩的美，他要把希腊的美尽收在他的镜头里。另一位邹教授则钟爱希腊的石雕像，他花了20欧元买了一尊美女出浴的小雕像。售货员告诉他，这是雅典娜女神年轻的时候。雕像无疑是很美的，但我觉得，既然是神，应该是不生不灭，没有什么年轻或年老的时候。

在这次来雅典之前，我对希腊的神话故事和传说，一直保持着一种模糊的印象，对其持半信半疑的态度。及至亲眼看到雅典的神庙和神像，我的思绪才变得清晰和完整起来，才把传说和历史、宗教和文明挂上钩。以前读楚图南先生翻译的《希腊的神话和传说》，里面讲到特洛伊木马的故事，后来又看了一部美国人拍的关于特洛伊战争的电影，都比不上我自己到特洛伊遗址看一眼得来的印象深刻。就在几天前，我们在土耳其旅游的时候，导游带我们到特洛伊旧城参观。这是一座坐落在爱琴海边的古城堡，现在虽然已经变为废墟，但考古发掘还能发现不同时期增修的城墙和工事。事实说明，特洛伊不是神话传说中的地名，而是实有其地。希腊强盛的时候，曾经跨海来争夺这块地方，应是不争的事实。木马屠城的故事，当有历史事实为依据。所以，土

胜利女神像

耳其人在特洛伊城遗址修建了一只大木马，供游人参观和凭吊。

古希腊的历史是由神、半神半人和人共同创造的历史。古希腊文明一度达到人类早期文明的辉煌顶峰，古希腊的宗教与文明有不解之缘，不能机械地将二者割裂开。希腊城邦国家强盛时，曾对外侵略扩张，特别是在亚历山大统治时期（前336—前323），出兵征服欧洲和亚洲许多地区，一度把地中海变成希腊的内湖。可到了衰败的时节，又相继被罗马和阿拉伯人入侵，就连希腊宗教信仰的宗教建筑物——雅典娜女神庙，也于公元6世纪成了基

督教的教堂，1688—1749 年间成为伊斯兰教的清真寺，1802 年遭受战火洗劫而成为废墟。

　　站在雅典娜女神庙前，我不由得陷入沉思：希腊的盛衰历史反映出人类一方面创造了文明，另一方面又通过战争来毁坏文明。希望人类不要再现互相残杀的历史，世界永远和平。

　　雅典是奥运会的发源地。古希腊人在举行奥运会期间是停止一切战争的，这就是传统的奥运精神。希望奥运精神一直延续下去。

2010 年 4 月

三看特洛伊

　　特洛伊是古希腊时代小亚细亚（今称"安纳托利亚"，在今土耳其境内）西北部临海的一个历史名城，建于公元前 16 世纪，相传毁于公元前 13 世纪的特洛伊战争，并以"特洛伊木马"的故事闻名于世。特洛伊的名称首见于《伊利亚特》，后来德国考古学家海因里希·施里曼于 19 世纪在土耳其的希沙利克发现了该城遗址，近年美国好莱坞又以故事片的形式将其搬上银幕。通过上述三个不同的视角来观察特洛伊，我们将会有不同的发现。

一、 从《荷马史诗》 看特洛伊

　　《荷马史诗》是古希腊民间口头传诵的一部伟大的文学作品，亦是一部古希腊的宗教经典。

　　古希腊的宗教起源于对自然界的崇拜。首先是对土地的崇拜，因为土地孕育和生长了万物，因此希腊神话中最先出现的神祇是地母盖娅。盖娅与天神乌拉诺斯结合，生下了提坦族的 12 尊大神。其中普罗米修斯是创造人类的大神，因为他把天火偷给人类。后来，宙斯推翻了提坦神族的统治，建立起奥林匹斯山诸神的统治系统。此外，还有许多大大小小的神或半人半神。

希腊的宗教不是由某位圣人创造的，它没有现代宗教所必备的教主，而是直接由神话传说而来，而神话传说则是由民间诗人、艺术家集体创作的。神话传说中的神具有许多超自然的神力，成为希腊宗教崇拜的偶像和核心。希腊诸神的人性多于神性，神是现实生活中不会死的人。希腊的神跟人一样有七情六欲和各种缺点，并非庄严神圣和完美无缺。希腊历史上曾经出现过的英雄人物都有神的血统，属半人半神。他们既有超乎常人的智慧和体力，又有某种致命的弱点，常表现为身上的某处软肋或死穴，一旦他的敌人发现并攻击其弱点，他就立即毙命。因此，希腊的英雄人物往往是既有不可战胜的风光一面，又有英雄末路的悲壮下场。

古希腊的历史，被描绘成由神和半人半神的英雄共同创造的历史。

古希腊的史书，就是在民间口头流传的关于神和英雄故事的史诗。

史诗充满神话传奇的色彩，是神与人共处的颂歌，是幻想与现实的结合，是天马行空式的浪漫主义作品，又有极为深刻的现实主义基础。古希腊史诗长期以来在民间代代相传，直到公元前8世纪后期，一位名叫荷马的盲诗人诞生后，才经他编撰整理，并于公元前6世纪形成文字，这就是我们现在看到的《荷马史诗》。

《荷马史诗》包括《伊利亚特》和《奥德赛》两部分，各分成24卷，前者计有15693行，后者有12110行，用六音步诗行写就，不用尾韵，但节奏感很强。

《伊利亚特》叙述希腊联军横渡爱琴海围攻小亚细亚的特洛伊城的故事。这次战争的起因是，特洛伊王子帕里斯应邀到希腊斯巴达王麦尼劳斯的宫里做客，受到盛情款待。但帕里斯却和斯巴达王美丽的妻子海伦发生恋情，并悄悄把她拐走。希腊方面十分愤怒，觉得受到极大的侮辱，就联合邻近的各城邦国家，出兵征讨特洛伊。双方汇集了各路英雄，在各自神灵的庇护下，陈兵特洛伊城，鏖战了十年，各有胜负。最后，希腊联军方面的英雄奥德赛献木马计，让希腊联军佯装撤退，却把一些士兵藏在一匹大木马中留在海滩上。特洛伊人把木马拖回城中，饮酒狂欢，庆祝胜利。深夜，藏在木马中的希腊士兵偷偷打开城门，里应外合，攻陷了特洛伊。特洛伊木马之战成了脍炙人口的故事。

可以说，特洛伊城因特洛伊木马而成名，而特洛伊木马的故事则靠《荷马史诗》而流传。几千年来，人们怎么听来，便怎么传下去，几乎没有人认真思考其中究竟有多少历史的真实成分。

人们都把特洛伊的故事看作神话传说，不去认真对待。直到 1871 年，德国考古学家海因里希·施里曼在距土耳其第三大城伊兹密尔 80 公里的地方发现了特洛伊城的遗址，特洛伊才得以从神话传说中走出来，回到历史现实中。

二、 从考古遗址看特洛伊

2007 年 5 月，笔者有幸亲临特洛伊城遗址参观。首先映入眼帘的是一匹仿制的大木马，约有两层楼高。人们可以沿马肚子下的楼梯攀缘而上，把自己藏身马腹中。马腹之大，足以容纳数十人。正是这匹木马，吸引了许多来自世界各地的游客。

特洛伊城遗址的木马

按照《荷马史诗》的说法，特洛伊战争的起因是为了争夺一位漂亮的女人海伦。为了她，双方争斗了十年，消耗了巨额财富，死伤者成百上千。这值得吗？"多少英雄汉，一怒为红颜"，中外历史上的确不乏这样的事例。但是，据我的实地观察，特洛伊战争的发生还有其更深层的原因，是由它所处的地理位置决定的。特洛伊濒临大海，北边不远就是达达尼尔海峡。这个海峡全长65千米，最窄处只有1.3公里，最宽处6.4千米，最浅处53米，最深处106米，位于小亚细亚半岛与巴尔干半岛之间，是亚洲与欧洲的分界。这里东连马尔马拉海，西通爱琴海，是黑海通往地中海及大西洋、印度洋的通道。占据特洛伊，便可扼控海上过往船只，垄断海上贸易。因此，古希腊人对这个地方垂涎已久，不惜血本，志在必得。

从特洛伊的遗址来看，与其说其是一座城市，不如说是城堡式的要塞。光是我们现在能够看见的城墙遗址就高达5米，两侧以方形石块垒砌，中间用泥土夯实。考古学家发现在深达30米的地层中，有分属9个时期的文化遗迹，找到了从公元前3000年到公元400年的城堡遗址。城堡的直径达120多米，城中有王宫和其他建筑。在一个王宫的地下仓库中发现许多金银珠宝：3件头饰，60对耳环，6只手镯，近9000颗黄金珠子。最珍贵的是一条头带，由15000个物件组成，仅串联坠链的镶嵌物就耗用了80米长的金丝，据说系海伦王后使用的旧物。

在公元前13世纪的特洛伊战争之前，特洛伊城就已经存在

特洛伊遗址的城墙

了，有地下出土的石器、骨器、陶器、青铜器和陶纺轮等为证；特洛伊战争以后，特洛伊城仍继续存在并繁荣了很长一段时期。考古学家找到了公元 400 年罗马帝国时期的雅典娜神庙、议事厅、剧场和市场的废墟。现场保存了许多断残的神庙石柱，依然可见当年的雄伟气势和雕琢艺术之精美。正像我们在隔海对岸的雅典城所看到的那样，古希腊、古罗马时期留下最多的文化遗址就是神庙、议事厅、剧场、竞技场、浴室。这在一定程度上反映了古希腊、古罗马人的民主观念和崇尚体育、讲究卫生的优良传统。

　　特洛伊战争并没有毁灭特洛伊城。这是我参观特洛伊城遗址得出的一个结论。

另外，特洛伊城的发现，使我们不得不重新审视神话传说和历史真实的关系。我们中国的史学家素来只重视信史，因为中国是一个具有浓厚史官文化传统的国家，自古以来代代修史，一部浩瀚的官修二十五史和诸多的私家著述，便是供后人引用的信史。除了中国外，世界上没有任何国家具有如此完备的历史著作，他们上古时代的历史，往往藏匿于宗教文献和神话传说之中。因此，宗教和神话某种程度上亦是现实生活的一种反映，也包含着历史真实的影子。希腊人认为所谓历史，就是对目击者的证词进行调查，从而获得事实真相，这也是他们研究历史的方法。德国学者海因里希·施里曼正是根据《荷马史诗》提供的证词，找到了特洛伊的历史，从而使我们能够比较正确地认识历史上的特洛伊。

三、 从好莱坞电影看特洛伊

　　由德国导演彼德森执导，众多美国著名影星参加演出，耗费了 1.8 亿美元巨资拍摄的好莱坞电影《特洛伊》，则从另一个角度，通过文学形象诠释了特洛伊的历史。这部电影完全抛弃了《荷马史诗》中的神话传说部分，不让任何一位神在电影中出现，以真人版的形式刻画各具不同个性的英雄形象，揭示了叱咤风云的英雄人物的内心世界，讴歌了纯真的爱情，渲染了战争的恐怖与残酷，表达了对完美人性的追求。

　　电影《特洛伊》集中描述战争结束前 50 天发生的事。

经过近十年鏖战，希腊联军和特洛伊守军双方都有惨重伤亡，厌战情绪在将士间蔓延。希腊联军统帅阿伽门农与猛将阿喀琉斯为了争夺一个漂亮的女俘而发生争吵，致使阿喀琉斯打算退出战争。由于阿喀琉斯拒绝参战，因而希腊方面一度处于劣势。为了挽救败局，阿喀琉斯的堂弟，也是他的生死至交帕特洛克罗斯偷偷穿上阿喀琉斯的铠甲和头盔，冒充阿喀琉斯出战，不幸被特洛伊国王的儿子赫克托耳杀死，铠甲和头盔也成了特洛伊守军的战利品。阿喀琉斯闻讯大怒，请铁匠为他连夜赶制铠甲和头盔，然后独自驾着战车到特洛伊城下叫阵，指名道姓叫赫克托耳出来决战。赫克托耳是特洛伊的英雄，亦是拐走海伦的王子帕里斯的兄长。他虽然骁勇善战，但自知不是阿喀琉斯的对手，为了国家利益和兄弟情谊，他毅然披挂上阵。决战前夕，他依依不舍地吻别了美丽的妻子和幼子，颇有些"壮士一去不复返"的悲凉。

阿喀琉斯和赫克托耳的决战是电影《特洛伊》的重头戏。古希腊的英雄，一个个都是肌肉健美，膀大腰粗，充分体现了他们崇尚体育、崇尚竞技、崇尚健康的传统。在雅典的竞技场里，经常举行勇士与猛兽的格斗。在战场上，则更是"轻生如暂别"。英雄们虽然抱着视死如归的信念，但他们的生死安危却牵动着亲人的心。站在城头观战的赫克托耳的妻子、兄弟、年迈的父亲，绷紧了神经目视着赫克托耳的一进一退。事前，特洛伊方面曾设计让赫克托耳绕城行走以消耗阿喀琉斯的体力。可是，复仇心切的阿喀琉斯却步步紧逼，毫无倦意。几个回合下来，赫克托耳终于中剑倒地。阿喀琉斯把赫克托耳的尸体拴在战车后，拖着游行，庆祝胜利。赫克托耳的亲人悲痛欲绝。

入夜，一位神秘的老人闯进阿喀琉斯的帐篷，跪在地上，亲吻阿喀琉斯的手，说："作为一个父亲，我居然亲吻这双杀死我儿子的手，我的目的是希望能够收回我儿子的尸体。"阿喀琉斯深受感动，答应了特洛伊国王的请求。那位已经成为阿喀琉斯情人的女俘虏，原来是老国王的女儿，也被释放随老国王一起回城。

如果事态的发展到此为止，也许是一个比较理想的结局。可是，为争夺特洛伊城这个战略要地进行了十年的战争不会到此结束。希腊联军用木马计打开了特洛伊的城门。当特洛伊城被攻陷的那一刻，双方的格斗场面十分惨烈。英雄阿喀琉斯此刻最牵挂的则是他的心上人——那位女俘，并为了她而被女俘的哥哥帕里斯一箭射中死穴。女俘面对互为仇敌的哥哥和情人不知道如何抉择。她的眼泪，她的痛苦，使悲壮的史诗流露出一股浓郁的人情味。

电影《特洛伊》突破了作为宗教教本的《荷马史诗》宿命论的桎梏，神不再是英雄命运的主宰，事物发展的结局并非是预言家的预言。它一方面大力宣扬英雄主义和英雄创造历史的观点，突出"壮士性刚烈，火中见石裂"的一面，同时又竭力表现英雄情感中柔情似水的另一面。它让观众对几千年前的历史人物不会感到陌生，相信自古以来人性都是相通的。

　　透过《荷马史诗》、特洛伊城遗址和电影《特洛伊》三个不同的角度，我们加深了对特洛伊的理解。它由神话变成历史，又由历史变成文学。它教会我们重新审视宗教、神话、文学、历史之间的关系。

2008 年 9—10 月

圣彼得堡：造型艺术之城

　　到圣彼得堡走马观花看一趟，即便是随便一瞥，你都会发现，圣彼得堡是一座名副其实的造型艺术之城。雕塑和建筑，构成了这座繁华古帝都的主旋律。这里随处可见历史名人的塑像，有政治家、科学家、文学家、艺术家及各行各业的杰出代表，造型生动，各具个性，每一尊塑像都代表历史长河中的一段记忆，是人们心中抹不去的一座丰碑。雕塑和建筑是紧密结合的，从某种角度说，建筑是人工雕塑出来的艺术品。建筑物上的雕塑不仅是一种装饰或陪衬，它已经和建筑浑然一体，成为建筑艺术不可或缺的组成部分。圣彼得堡的经典建筑到处都是，冬宫、夏宫、皇村、教堂、军事要塞，乃至涅瓦大街上的每一幢楼房，都可以称作是东、西方建筑艺术完美结合的代表。正是所有这些造型艺术，成就了圣彼得堡无与伦比的美。但更重要的是，我们必须揭示美的背后所包含的深刻历史文化内涵，这样才能更好地理解一座城市。

一、名人塑像

沿着圣彼得堡的涅瓦大街往下走，一路上可以看到许多名人塑像：罗蒙诺索夫、门捷列夫、普希金、果戈理、库图佐夫、巴克莱·德·托利……这些塑像的底座上皆用俄文标注了他们的名字和生卒年月。但是即便你不认识俄文，你也大致能知道谁是谁，很少张冠李戴，因为这些名人塑像不仅做到了形似，而且准确地捕捉到他们的职业特点和个性，惟妙惟肖，栩栩如生。

俄罗斯的雕塑直接师承于古希腊、罗马。自从公元 988 年基督教的东正教传入俄国后，俄国人就开始接触和大量吸收拜占庭文化。1453 年拜占庭被奥斯曼帝国灭亡之后，罗马帝国为了联合俄国共同对抗奥斯曼帝国，便把拜占庭公主索菲亚嫁给莫斯科大公伊凡三世。政治联姻加速了文化承传。作为古希腊、罗马雕塑艺术代表的人体雕塑和其他文化遗产自然而然地被俄罗斯人所承袭。

早在公元前若干世纪，希腊的人体雕塑便已经达到了辉煌的高度。他们掌握了透视原理和人体解剖的基础知识，应用健壮的肌肉和优美的线条来展示人体之美。同时，他们还把人头与全身的比例定为 1∶7，用合理的或理想的数量关系来体现人体美。他们从力学上解决了人体重心和各种体态之间的关系，创作了像

《掷铁饼的人》那样的传世名作。可以说，圣彼得堡的名人塑像继承了古希腊人体雕塑的传统和优点，并有所创新和发展，即捕捉到了每位名人的职业特点和个性，通过名人塑像群，展示和缅怀由这些精英人物共同创造的那段辉煌历史。如果说古希腊的人体雕塑表现的是人和神共同创造历史的带有浓重神话色彩的历史观的话，那么圣彼得堡的名人塑像则表达了精英创造历史的英雄史观。

在圣彼得堡所有的名人塑像中，最引人注目的当数被称为"青铜骑士"的彼得大帝的塑像。该塑像高5米，重20吨，用青铜铸就，耸立在十二月党人广场上。彼得大帝骑着骏马，像一位古代骑士英姿飒爽。马的前蹄腾空，呈腾飞状；重心移至后蹄，足

《青铜骑士》塑像

踏一条毒蛇。重心的变化使整尊塑像活了起来，仿佛正在奔跑运动。普希金曾写过一首叙事诗《青铜骑士》来描述这尊塑像。他说，这尊塑像作为圣彼得堡的地标，具有面向西方的意义。

不管怎么说，彼得大帝的《青铜骑士》塑像毕竟代表了一段历史，它把 1703 年彼得大帝始建圣彼得堡的功绩凝固在这尊塑像上。正如霍米亚科夫 1839 年在《论新与旧》一文中所说："新时代是从彼得大帝建造圣彼得堡开始的，它使俄国变得和西方一模一样，而西方于俄国而言是格格不入的。"

1712 年彼得大帝把首都从莫斯科迁到圣彼得堡，从此圣彼得堡作为首都长达 200 多年，成了国家的政治、经济、文化中心和面向欧洲的窗

彼得大帝的艺术像

口。乌斯特利亚洛夫 1918 年在《圣彼得堡的命运》中评价说：
"正是圣彼得堡时期才把俄国从莫斯科外省的乡间小院引向了真
正欧洲和世界大国之途。"彼得大帝推行的西方化改革使贫穷落
后的俄国迅速强大起来。他打通了俄国通向波罗的海的出口，创
建了俄国历史上的第一支海军。他引进西方的工业技术和科学研
究人才，实施西方的管理方法，提倡西方文化，让俄罗斯文化与
外国文化交融。

　　1917 年的十月革命扭转了俄国历史发展的进程。阿芙乐尔巡
洋舰的炮声轰开了冬宫的大门，作为革命对象的沙皇尼古拉二世
被布尔什维克处以极刑。那段时期声望最高最受尊崇的人物当数
列宁。圣彼得堡被改名为彼得格勒。据不完全统计，彼得格勒一
城，先后修建的列宁塑像就多达 258 座。但是，1991 年 12 月 25
日，莫斯科红场上苏联的镰刀斧头国旗落了下来，代之而起的是
俄罗斯的三色国旗。伴随着苏联的解体，彼得格勒又恢复旧名圣
彼得堡。

　　跟政治人物相比，以普希金为首的文学家、艺术家和科学家
没有经历大起大落的兴衰。普希金的诗歌和小说依然在民间广泛
传诵着，百科全书式的科学家罗蒙诺索夫和他创办的莫斯科大学
依旧在科学界和教育界发生着重要的影响力，门捷列夫的化学元
素周期表依旧是科学史上的勋业，果戈理的讽刺小说依旧大放异
彩，天才军事家巴克莱·德·托利抗击拿破仑的军功依旧没有被
人忘记。因此，人们把他们做成了塑像，这是一种升华，一种永

久的纪念。在这些塑像身上，保存着永生的活力和不死的精神。名人塑像群是造型艺术之城圣彼得堡的一道亮丽风景线，耐人寻味，充分体现了俄罗斯的民族精神和深厚的文化底蕴。

二、 经典建筑

圣彼得堡的建筑颇有一番独特的韵味，是彼得大帝向欧洲学习的结果，是东、西方建筑艺术的和谐统一。

所谓的西方建筑艺术，大致可以分为四种类型：

1. 希腊式建筑。以大石柱为建筑造型的主要元素，包括表现男性阳刚的陶立克柱式，表现女性阴柔的夏奥尼克柱式，表现丰收、柱头多用植物叶片花纹的科林斯柱式。

2. 哥特式建筑。大量采用垂直线条和尖塔装饰，配置彩色玻璃，使用高浮雕，使整幢建筑显得空灵剔透，具有强烈的向上提升的趋势。

3. 文艺复兴式建筑。重视几何图形的组合，把正方形、圆形、矩形、三角形、梯形等重叠组合成具有震撼视觉的形象，表现平静优雅的古典气息。

4. 巴洛克式建筑。豪华奢侈，过度装饰，追求夸张、浪漫和幻想，强调线条的起伏变化和运动感，尽量与周边环境协调，造成层次和深度的变化。

圣彼得堡的城市建设布局，基本上维持 300 年前城市初建时的样式。巨石砌成的楼房高大雄伟，街道宽广整齐，气势恢宏，气概不凡。其建筑格调基本是仿照西方建筑，但又和欧洲的城市迥然有别。它没有欧洲小镇常见的宁静温馨的小街小巷，举目皆是规划如棋盘一样方整的通衢大道。它雍容大度，庄重肃穆，散发出一种皇室气派。

冬宫就是圣彼得堡的一幢经典建筑。建于 1754—1762 年，由意大利著名建筑师拉斯特雷利设计，原是沙皇皇宫，十月革命后改为国立博物馆。它是按巴洛克式建筑建成的三层楼房，充分体现了巴洛克式建筑追求豪华奢侈的特点。虽然只有三层，却高达 22 米，总长约 230 米，宽 140 米，占地 9 万平方米，建筑面积超过 4.6 万平方米，共有 1050 个房间，俨然一个封闭式长方体的庞然大物。从外面看，这幢用各色大理石建成的宫殿，蔚蓝色与白色相间，显得朴素简洁、典雅高贵；到里面看，用名贵孔雀石、石青石、斑石、碧玉镶嵌的墙壁和包金镀铜的装潢，美轮美奂、金碧辉煌，用 9 种珍贵木材拼出拼花地板，用 4.5 万颗彩石镶嵌成一幅地图。参观冬宫，是一种难得的视觉享受。元帅大厅、骑士大厅、达·芬奇厅、孔雀石厅、中国厅等展览大厅，风格各异，但又相互配搭，整体协调，显示出空间的层次和深度的变化。随处可见的塑像、浮雕、壁画，让人产生浪漫的情愫和无边无际的遐想。整个冬宫建筑群与周边环境配合默契，涅瓦河像一条丝带缠绕而过，广场上耸立的高达 40 多米的亚历山大纪念柱，犹如别在冬宫胸前的一枚胸针。且不说冬宫珍藏的无数奇珍异宝、文物古董，就是冬宫建筑本身，亦让人百看不厌。

夏宫是典型的皇家园林建筑，是皇宫和园林的有机组合。夏宫建于1710年，占地800公顷，主要建筑有大宫殿、下花园、玛尔丽宫、奇珍阁、亚历山大花园和茅舍宫等。大宫殿极尽奢华，镀金的穹顶熠熠闪光。宫殿两侧是两道飞泻的瀑布，从七层高的台阶上一泻而下。由64个喷泉组成的喷泉群，把水花从金色塑像的口中喷洒出来，宛如迸发的礼花。下花园中还特意安装了一些奇特的喷泉，假如行人不慎踩到某个特殊机关，水就会喷到其身上。这是彼得大帝为了跟他的臣子恶作剧而设计的，反映出他身为威风凛凛的一代君王，有时却童心未泯。下花园里种着各色奇花异草，争奇斗艳，香气袭人。正如唐诗所言："人过香随远，烟晴色自深。"夏宫的设计之妙，在建筑与自然的融合，情景交

夏宫

融，令人怡然自得。

　　皇村原是一处芬兰式的农村庄园，1708 年彼得大帝在这里为其妻叶卡捷琳娜修了一座皇宫，因而使之沾上了皇家的瑞气。1811 年前后，普希金在此度过了他的少年时代，他在皇村中学读了 6 年书。后来他成名后，1831 年又携其妻来这里避暑。所以，1937 年为纪念普希金而将皇村改名为普希金村。皇村又添加了名人效应，成为观光客必至的一个旅游点。这个地方的建筑特点是，皇宫的奢华与乡间别墅的朴实形成强烈的对比，但两者又如绿叶衬红花一样相得益彰。"山河眺望云天外，台榭参差烟雾中。"叶卡捷琳娜宫辉煌的大厅一间接一间，构成了一条"金色的走廊"。其中的"琥珀厅"全部用价值连城的琥珀装修，足见其造价之高昂。皇家花园的范围内，可以领略不同国家、不同时期的建筑风格。希腊神话中的花神和大力神的青铜塑像展示着青春和健美，按法国样式布置的花园清丽雅致，还有中国式的亭台及小桥流水，给人以美不胜收的感觉。皇宫之外是一派美丽动人的田园风光，绿树、黄瓦、白墙交织，民宅、商店、教堂交错。我们去参观了农村的贸易集市，出售的蔬菜瓜果非常新鲜，可以闻到泥土的芳香。

　　圣彼得堡罗要塞是一个军事要塞，1703 年由彼得大帝亲自奠基兴建。这是一座由 12 米高的城墙环绕起来的六棱体古堡，其安装的大炮扼守在涅瓦河的出海口，封锁住克龙维尔克海峡。正是有了这个军事要塞的守护，才有了圣彼得堡这座城市的诞生和发展。随着俄罗斯军事实力的增强，来自北方的外国势力威胁逐渐减弱，军事要塞的职能转化为沙皇时代的国家监狱。陀思妥耶夫斯基、车尔尼雪夫斯基、高尔基等著名作家先后被囚禁在这里。列宁的兄长亚·乌里杨诺夫因谋刺沙皇不遂，在这里被处死。十月革命前夕，起义军的司令部也设在这里。

　　圣彼得堡罗教堂是圣彼得堡罗要塞里的一幢重要建筑，是圣彼得堡众多教堂的一个代表。俄罗斯的东正教认为，教堂是拯救教徒的挪亚方舟，是上帝的住所，所以教堂的修建要极尽庄严奢华之能事。俄罗斯的教堂多采取拜占庭与罗马式相结合的建筑艺术，外表敦厚坚固如古城堡。镀金的洋葱头圆顶也不局限于 1个，往往变成 3 个、5 个或多个，以表现多层次多角度。圣彼得堡罗教堂 1703 年初建时是木质结构，1712—1733 年耗费了 21 年的时间，投入了巨大的财力才改建为石砌。它的尖顶钟楼高达122 米，尖顶上的巨型天使塑像高约 4 米，天使塑像旁的十字架高 6.4 米，蔚为壮观。从彼得大帝开始，这里就成为存放历代沙皇灵柩的皇陵。1998 年末代沙皇尼古拉二世被"平反"后，他一家人的遗骨也被安奉于此。

　　圣彼得堡的经典建筑还有很多很多，诸如海军部大厦、斯莫尔尼宫等，囿于篇幅，不再一一赘述。总而言之，圣彼得堡作为造型艺术之城，给我们留下了富有质感而生动的印象。

2009 年 11 月

俄罗斯的教堂

　　到俄罗斯不可不看教堂，正像到土耳其不可不看清真寺，到泰国不可不看佛寺一样。

　　俄罗斯的教堂数不胜数，美不胜收。俄罗斯的教堂和欧美各地的基督教教堂不同，因为它不属于基督教新教或天主教教堂，而是属于基督教三大派系之一的东正教教堂。东正教最初发源于东罗马帝国的首都君士坦丁堡。罗马帝国第一位信奉基督教的君主君士坦丁大帝对基督教所起的作用，有如印度阿育王对佛教一样，为其传播发展做了很大贡献。正如佛教免不了出现宗派分裂，基督教也于1054年分裂为西部天主教和东方正教会（即东正教）。1517年德国教士马丁·路德实行宗教改革后，又出现新教。于是形成基督教的三大派系。三派之间既有同，亦存异。

最初一段时间，东正教的中心在东罗马的首都君士坦丁堡，索菲亚大教堂就是它的精神堡垒。该教堂作为世界第一大教堂使用了900余年，见证了东正教的辉煌历程。直到奥斯曼帝国于1453年攻占君士坦丁堡，东正教被伊斯兰教取代，索菲亚大教堂才被改建为清真寺。之后，俄罗斯传袭了东正教，莫斯科大公伊凡三世宣布自己是东正教的保护人，他娶了东罗马帝国末代皇帝的侄女索菲亚为妻，自称是君士坦丁的继承者，宣称要建立"第三罗马帝国"。他的孙子伊凡四世就是俄罗斯的第一位沙皇。自此，俄罗斯与东正教结下不解之缘，携手走过了一段漫长的历史。

早在公元988年，东正教就开始传入俄罗斯，可那时东正教的中心不在俄罗斯，而是在君士坦丁堡。1453年东罗马的覆灭给俄罗斯带来了机遇，东正教的中心移往莫斯科，有助于提高俄罗斯的政治和军事地位，以便跟邻近的奥斯曼帝国抗争。东正教成了团结和凝结俄罗斯民族力量和感情的一面旗帜，同时也是沙皇提高皇权地位的神圣性、权威性，实现其大国称霸野心的重要工具。

在莫斯科大公和沙皇统治时期，东正教教堂像雨后春笋般出现，遍布城乡各地。其中最重要、建筑规模最宏伟的教堂当数克里姆林宫内的四座大教堂：圣母升天大教堂、天使报喜大教堂、十二使徒大教堂、圣弥额尔教堂。这四座大教堂各有其用途：圣母升天大教堂是历代沙皇举行加冕典礼的地方。通过举行宗教仪

克里姆林宫

式来替沙皇加冕，无非是为了向世人昭示君权神授，君权与神权相互支持。天使报喜大教堂是沙皇举办婚礼的地方。十二使徒大教堂供皇室成员做礼拜和接受其他圣礼。圣弥额尔大教堂安奉历代沙皇的灵柩。

在当时的俄罗斯，无论是沙皇还是普通百姓，从出生受洗，到举行婚礼、心灵忏悔、丧葬仪式等，整个生命的重要历程都要跟教堂发生关系。因此，从克里姆林宫到穷乡僻壤都建有教堂，供不同阶层的人士使用。1917年十月革命前，俄罗斯全国共有教堂和修道院7万多处。

不管是皇家修建的教堂还是平民修建的教堂，无一例外都是当地最好的建筑。这是因为教堂作为宗教的载体和外部表现形式，它的象征意义远远大于它的实际使用价值。通过高大、恢宏、奢华的教堂建筑，彰显宗教的庄严、伟大、凛然不可侵犯。这就是为什么俄罗斯人不惜工本、费时耗资，修建许多巍峨辉煌大教堂的原因。

位于莫斯科红场南端的瓦西里升天大教堂，堪称俄罗斯最精美的教堂，在我看来，简直就是梦幻般的建筑。这座教堂始建于1553年，为纪念伊凡四世1552年打败蒙古的军队而建。初期由7座木制的小教堂组成，1555年以后花了6年的时间改建为石砌的教堂。它造型别致，由9座教堂配搭组合，主体建筑的"洋葱头"高出地面57米，是当时莫斯科的最高建筑。围绕其旁的8个"洋葱头"，代表帮助伊凡四世打败敌人的8位圣人。现今，这座

瓦西里升天大教堂

举世罕见的美丽教堂被修葺一新，色彩艳丽，璀璨夺目，与克里姆林宫交相辉映，成为莫斯科红场不可缺少的一道亮丽风景。

　　基督救世主大教堂离克里姆林宫不远，坐落在莫斯科河畔，是莫斯科最大最雄伟的教堂。是 1812 年为了纪念战胜法国拿破仑而建，1839 年才建成。教堂高 103 米，可容 1 万人，可以想见所耗费的财力物力之巨。遗憾的是于 1931 年被炸毁。原准备在这块地基上建一幢同等规模的红色纪念物，也没实现，只是挖了一个游泳池。苏联解体后，莫斯科市政府重修基督救世主大教堂，花费 3 年时间建成，作为莫斯科建城 850 周年的献礼。

　　谢尔盖耶夫教堂城位于莫斯科北郊 70 公里处，是一个教堂建筑的聚集地。1337 年一位名叫谢尔盖·拉多涅日斯基的教士在此盖起一座小教堂，没想到日后蓬勃发展，1744 年获"大修道院"的称号。这里拥有十几座历代改建或扩建的教堂建筑，圣三一教堂建于 1423—1442 年，圣母安息大教堂建于 1585 年，五层钟楼建于 1741—1769 年。让这里成名的是，1608 年进攻莫斯科的波兰军队将这里围困了 16 个月，企图打开通往莫斯科的通道，结果遭到传教士和普通民众团结一致的奋力抵抗。教会在抵御外来侵略、捍卫俄罗斯民族利益方面做出了杰出贡献。1993 年这里被列为世界文化遗产。

　　彼得大帝是俄罗斯一位著名的沙皇，彼得大帝时代亦是俄罗斯东正教的鼎盛时期。1703 年他在涅瓦河的出海口修建了圣彼得堡，后又把首都迁到圣彼得堡。圣彼得堡的许多著名大教堂，便是肇始于那个时期。

圣彼得堡罗大教堂是圣彼得堡最早修建的一座教堂，是彼得大帝时期教堂建筑的代表。彼得大帝鼓励向欧洲学习，所以欧洲的教堂建筑艺术像潮水般涌入俄罗斯。圣彼得堡罗大教堂就是按照欧洲流行的样式设计的，它把哥特式建筑的高耸尖塔和巴洛克式建筑豪华奢侈的装饰相结合，给人以挺拔、庄严、华丽、美观的印象。

伊萨基辅大教堂，1768—1802 年动工建造，尚未竣工就被否决，因为不够雄伟，不能显示俄罗斯作为东正教中心"第三罗马"的气概。19 世纪初，雄心勃勃的亚历山大一世采用法国建筑师蒙弗朗的设计图纸，于 1818 年破土动工，前后共用了 44 万民工，建了 40 年才竣工。整幢建筑使用的材料共重 30 万吨，教堂大厅可容纳 1.4 万人。且不说耗费了多少名贵的木材、石材，光是用于内外装饰的黄金就多达 400 公斤。还有许多无法用金钱计算其价值的青铜和大理石雕塑，用马赛克拼成的图画和宗教画卷。用"极尽奢华"四个字来形容，一点都不为过。它与梵蒂冈的圣彼得大教堂、伦敦的圣保罗大教堂、佛罗伦萨的花之圣母大教堂并称世界四大圆顶教堂。

除了上面介绍的大教堂外，俄罗斯还有喋血大教堂、喀山大教堂、斯莫尔尼大教堂等，都是名闻遐迩的大教堂。参观这些著名的大教堂，无疑是视觉感官的艺术享受，也是深入学习和认识宗教的机会。只要稍加留意，便可以发现同是基督教，东正教跟其他两个教派天主教和新教有些不同。首先是教堂建筑样式的不同：东正教的教堂为拜占庭式或斯拉夫式，教堂内部中央有圣坛和圣像，周围墙上有圣徒画像；天主教教堂为罗马式或哥特式，教堂中可以挂圣像；新教则反对偶像崇拜，只挂十字架。其次，这些不同还较多地表现在对宗教经典的理解和宗教仪式的繁文缛节上，比如说，东正教相信基督教最原始的教义，天主教则相信经过罗马教廷解释的《圣经》，新教只信希伯来文写的经典，并主张每个人都可以解释《圣经》……凡此种种，其实都没说到问题的要害，我们必须从文化背景和组织形式两方面来探讨。

从文化背景看，天主教使用拉丁语作为教会的通用语言，东正教最初使用希腊语，后为了传教的需要，在希腊字母的基础上创造了斯拉夫文字，经改造才逐渐形成包括俄语在内的斯拉夫语族。语言文字是民族文化的根，所以俄罗斯文化从一开始就离不开东正教，俄罗斯的文学艺术，特别是诗歌、小说、戏剧、绘画、雕塑、建筑，都无一例外地留下了东正教的印记。从组织形式看，天主教内部结构严密，总部在梵蒂冈，教皇是最高领袖，各国主教和大主教都要由教皇任命。东正教是一个自治的教会大家庭，牧首地位最高，不承认罗马教皇为首脑。东正教的组织形式跟俄罗斯一贯主张的独立自主、不听命于西方的政治原则一拍即合。这才是俄罗斯选择东正教的根本原因。

通过参观大教堂，我们仿佛看到一部俄罗斯东正教的兴衰史。从公元 988 年东正教传入俄罗斯到 1991 年苏联解体，俄罗斯东正教经历了发展、壮大和逐渐衰亡的过程。苏联解体后，执政者开始给东正教松绑。基督救世主大教堂的重建，不仅标志着东正教在俄罗斯的复活，也标志着俄罗斯传统精神文化的复活。

2010 年 9—10 月

米兰大教堂

  2016 年 12 月 6 日，我们由上海乘机飞往意大利米兰，再由米兰乘车去热亚那港，登上华丽号邮轮，进行为期 12 天的地中海巡游。在米兰短暂逗留的几个小时内，有幸参观了举世闻名的米兰大教堂。

  到东方国家旅游看寺庙，到西方国家旅游看教堂，这似乎成了一条铁打的旅游定律。这是因为无论寺庙也好，教堂也罢，都是当地最好的建筑，最富有文化历史内涵。作为宗教建筑，寺庙和教堂都是神的居所，是人同神相会的殿堂。所以，对于信徒来说，无论花费多少钱财，耗费多少时日，将其建得何等富丽堂皇都不为过；对于游客来说，无论付出多大代价，跋涉多远路程，能够到此一游，都算值得。

  建于 1386—1813 年的米兰大教堂，是建筑年代

米兰大教堂

跨度最大、耗费时日最久的天主教堂，亦是世界第二大教堂，地位仅次于梵蒂冈的圣彼得教堂。从外观看，米兰大教堂是世界上最大的哥特式建筑。教堂长 148 米，最宽处 93 米，总面积 11700 平方米，可容纳 35000 人。整幢建筑全用洁白如玉的意大利大理石堆砌而成，135 个尖塔高耸入云，最高一处达 103 米，直达天际。

一座米兰大教堂的建筑史便是一部天主教的发展史。

天主教是当今世界上最大、传播范围最广的宗教，它和新教、东正教一起构成基督教的三大教派。基督教原是由犹太教脱胎换骨而来。基督教的创始人是公元 1 世纪初期的犹太人耶稣。耶稣最初在约旦河岸犹太人聚居区传教，曾收 12 门徒，但遭到犹太教上层的嫉妒与迫害。约公元 30 年，耶稣吃过最后的晚餐后，被门徒犹大出卖，最终以反罗马罪被钉死在十字架上，死后三天又复活。他的门徒把基督教继续传播到希腊、罗马。罗马帝国对基督教徒进行了残酷的迫害，许多基督教徒以身殉道。直到公元 313 年，统治罗马的君士坦丁大帝与统治巴尔干半岛和伊比利亚半岛的李锡尼共同颁布《米兰敕令》，基督教才被允许公开传播。

《米兰敕令》宣布罗马帝国境内信仰基督教自由，并且发还了已经没收的教会财产，承认了基督教的合法地位。《米兰敕令》是基督教发展史上的转折点，标志着罗马帝国的统治者对基督教的政策从镇压转为宽容和利用，基督教从被迫害的"地下宗教"成为被公开承认的宗教。米兰作为君士坦丁和李锡尼会晤的地点，作为《米兰敕令》的诞生地，在基督教文明的发展史上具有十分重要的地位。

公元 380 年，罗马皇帝狄奥多西将基督教正式定为国教，并开始禁止和排斥其他宗教。

原先，古希腊、罗马信仰的是多神教。这是一个以众神之父宙斯、天后赫拉、智慧之神雅典娜、农神德米忒尔、战神阿瑞斯、匠神赫菲斯托斯、太阳神阿波罗、女猎神阿耳忒弥斯、海神波塞冬、众神之使者赫尔墨斯、美神阿佛洛狄忒、酒神狄俄尼索斯等 12 尊主神组成的家庭式神团，形成奥林匹斯诸神体系。这是自然崇拜与祖先崇拜的混合物。

基督教的独尊，体现了罗马帝国的政治进入独裁和专制的阶段。公元392年，以德奥菲罗斯主教为首的基督徒纵火焚烧了塞拉皮斯神庙，30多万件希腊文手稿毁于一旦。狂热的基督徒在这里杀害了古代世界一位著名的女科学家希帕蒂亚，她是新柏拉图学派的领袖人物。在这段时间里，原有的罗马神庙被拆毁或改成教堂，奥林匹克运动会亦被取消。以希腊多神教为代表的早期"人本观念""民主思想"被扼杀殆尽。

随着古罗马帝国的分裂，基督教也同时一分为二：以君士坦丁堡为中心的东正教和以罗马为中心的天主教。东正教没有教皇，地方教会具有相对的独立性，信徒主要是斯拉夫人、俄罗斯人和塞尔维亚人。天主教教会的权力和作用很大，教皇成为西罗马的权力中心，能够左右国王和指挥军队。

公元14—16世纪，欧洲出现了文艺复兴，用人性来反对神性，用科学来反对神学，"这是一次人类从来没有经历过的最伟大的、进步的变革"（恩格斯）。马丁·路德（1483—1546）发动的宗教改革，澄清了天主教教义中一些含混不清的问题，消除了许多不合理的弊端。16世纪的宗教改革运动又使基督教产生了新教。新教主张教会制度多样化，不承认罗马主教的教皇地位。文艺复兴和宗教改革运动所提出的"人文主义"，其核心就是要恢复到古希腊、罗马时期西欧文化的原状，在神学方面则回归到以新约《圣经》为基本权威。

文艺复兴时期，米兰扮演了重要的角色，它是意大利文艺复兴的重镇。达·芬奇在这里生活工作了许多年，留下了众多手稿和杰作，包括传世名画《最后的晚餐》。如今，达·芬奇的塑像依然耸立在与米兰大教堂毗邻的斯卡拉大剧院门前。而米兰大教堂内外的6000多个雕像，不仅因数量著称于世，而且集中了从古希腊、罗马时代至意大利文艺复兴时期的雕塑艺术之瑰宝。多神信仰是古希腊雕塑艺术的源泉。古希腊雕塑参照人的形象来塑造神，并赋予其更为理想更为完美的艺术形式。如果说古埃及雕塑的审美观是追求"永恒"的话，那么古希腊雕塑的审美观则是追求"真实的美"。中世纪的到来标志着西方进入了基督教时代，基督教的禁欲主义禁锢了雕塑家的创作灵感。在宗教教条的桎梏下，人性受到压抑和扭曲，因而使文艺复兴应运而生。文艺复兴时期的雕塑再度把神世俗化，这一时期的艺术大师们重新将人作为自己的美学象征和追求的对象，最典型的就是米兰大教堂

米兰大教堂的浮雕

中央塔上的圣母玛利亚雕像。该雕像建成于1774年，高4.2米，铜身镀金，用3900片金叶片包裹，金光灿烂。圣母表情安详慈善，显示出母性的光辉。

在这座历史跨度长达4个多世纪的米兰大教堂身上，随处都可以看到不同历史时期的文化遗迹，五彩斑斓，光怪陆离，使其又兼备历史文化博物馆的角色。

传说米兰大教堂的屋顶藏有一枚钉死耶稣的钉子。如果这个传说是真的话，那么这枚钉子已有2000多年的历史。因为上面沾了耶稣的血，其便理所当然地成为圣物。教徒们为纪念耶稣，每年要取下钉子朝拜三天。文艺复兴时期的著名科学家和画家达·芬奇为取送这枚钉子而发明了升降机，是神学与科学结缘的一个范例。

米兰大教堂还有一个"太阳钟"，由屋顶上的一个小洞跟地面上固定着的一根金属嵌条组成。每天中午阳光由小洞射入，正好落在金属条上，准确地报出正午时间。从1786年建成至今，只要不是阴雨天气，每天都可以准确报时。

置身米兰大教堂，望着高大的穹顶，阳光透过五彩玻璃窗洒在神坛上，造成光怪陆离的视觉效果，不禁让人产生一种神秘感和神圣感。

2017年1月

永恒的金字塔

世界上最大的学问，莫过于关于死亡的学问。

生是短暂的，死是永恒的。金字塔作为死的归宿，金字塔是永恒的。

当我站在尼罗河的西岸，站在开罗城与沙漠交汇的吉萨区，抬头仰视高耸入天的胡夫金字塔时，不禁发出这样的感叹：天哪，这究竟是如何建成的？这么雄伟，这么神奇，这么壮观，这么扑朔迷离，这么不可思议！金字塔是永远解不开的谜。

就说金字塔的建造吧，你很难想象 5000 多年前的人类，何以能够用简陋的工具完成如此浩瀚的工程。胡夫金字塔高约 146.5 米，相当于一幢 40 层的高楼。边长约 232 米，由 214 层巨石堆砌成中文"金"字的形状，每块石头重达数吨，总计须用 230 万块这样的巨石，而石头的总重量超过几百万吨。

试想：他们去何处采集这些巨石？如何搬运这些巨石？如何堆砌这些巨石？因为这些巨石之间不曾使用任何黏合剂，堆放起来如此严密和平整，使得四边地基的总长误差不超过 1 厘米。就是在现在的条件下，要仿造这样一座金字塔，也并非易事。

金字塔包含着太多令人费解的谜。

近人发现，胡夫金字塔的南北对角线居然和地球的"黄金经线"（即地球上穿过最多陆地、最少海洋的一条经线）重叠。这是偶然的巧合还是精心设计？

有人把金字塔在地面上的分布与天上的星座分布相比较，发现其中有一些人为的联系。比如说，胡夫金字塔与哈夫拉金字塔和门卡图拉金字塔等距离地排列在同一条直线上，跟猎户星座"腰带"上的三颗星一一对应。其中最亮的一颗天狼星，据说跟尼罗河的泛滥息息相关。这当中究竟有什么缘故？

金字塔是不是外星人的杰作？

金字塔的来源、用途是什么？

众多的疑问吸引人们对它进行深入的研究，于是产生了一门以金字塔研究为核心的埃及学。我的导游就是一位毕业于开罗大学埃及学专业的硕士研究生。他是一位埃及人，大学本科读的是开罗大学中文系，毕业后想当导游，又按规定读了两年的埃及学，才取得导游的资格。他的中文名叫"贾宝玉"，显然是受了《红楼梦》的影响。他告诉我说，尽管学者们对金字塔有各种不同的猜测和解释，但金字塔是古代埃及法老的陵寝，这一点是确

埃及金字塔

凿无疑的。

　　作为法老陵寝的金字塔，无疑跟死亡有关。因此，金字塔的学问，就是关于死亡的学问，因而是博大精深的学问。因为自从人类诞生之日起，就有一个问题一直在人的脑海里盘桓：死亡是什么？人为什么会死？人死后到哪里去？基于对死亡的恐惧和对永生的向往，宗教产生了。宗教是关于死亡的一种信仰，也是人类文化的起源。德国古典哲学家费尔巴哈曾经说过："如果人不死，如果人永生，因而如果没有死亡，那也就没有宗教。"正是由于有了宗教，有些人开始把灵魂和肉体分离，并相信灵魂的永恒；也正是由于有了宗教，有些人开始把对不可知事物的了解、对超自然力的崇拜，以及人类的命运，统统都归结到神的身上。

古埃及的法老们巧妙地利用宗教来神化自己，把自己说成是太阳神的儿子，以达到强化其政治统治的目的。他们之所以能够动员全社会的财力和人力，就是因为他们将王权和神权紧密地结合起来，建立起特有的中央集权的专制统治，以神的名义来发号施令。从法老登基之日起，其便耗费几十年的时间为自己修筑陵寝，除了政治方面的强制手段外，很大程度上还利用宗教的凝聚力将民众组织起来。没有千百万民众对宗教的虔诚信仰，就建造不出规模如此宏大的金字塔。

参观金字塔，是到埃及旅游的重头戏。约公元前 2686 年至前 2181 年，是埃及人大量建造金字塔的时期，我们无法知晓在这 500 多年的时间里一共造了多少座金字塔，但从现存的 96 座金字塔中学者们归纳出 4 种造型：阶梯式、角锥式、弯弓式和石棺式。后两种各存一座，且位于军事禁区内，我们无缘得见。据说最早的金字塔就是由方形墓葬蜕变而成，只不过将向地下挖掘的锥形深坑改为从地面向上堆砌锥形。这种锥形建筑稳稳屹立在沙漠之中，经得住地震和风沙的侵袭，几千年来岿然不动，今后几千年恐怕依旧是岿然不动。难怪埃及有一句谚语："世人怕时间，时间怕金字塔。"

我的导游"贾宝玉"告诉我：肉体是灵魂的住宅，金字塔是木乃伊的住宅；肉体的存在是短暂的，金字塔则是永恒的。古埃及的宗教认为，只有完整的肉体才能使灵魂回归，所以千方百计保存尸体的完整至关重要，于是便出现了木乃伊。

埃及国家博物馆中保存着图坦卡蒙法老的用黄金制成的面具。他面容年轻俊秀，证明他英年早逝。面具上照例有一绺长长的胡须，这是作为法老的身份象征，不管年轻年老，男性女性，只要是法老，面具皆要留胡须。

木乃伊是需要神来守护的。专职守护木乃伊的神名叫阿努比斯，是一头狼，经常以狼头人身的形象出现。对狼的崇拜，大概源于早期人类的图腾崇拜。很早以来，狼就是埃及中部地区的保护神。当人们看到狼从坟地里将死尸拖出来，便误认为狼能保护死尸。在埃及神庙或帝王陵的壁画中，常可见到这样的画面：狼头人身的阿努比斯站在一架巨大的天平前，天平的一端放着死者的心脏，另一端放着正义女神玛特头上戴的羽毛。如果死者的心脏比玛特的羽毛重，说明他生前恶大于善，守候在一旁的怪兽立即将心脏吃掉，这名死者将永远不得超生。相反，如果死者善大于恶，他的心脏没有玛特的羽毛重，他就会获得永生。这种"称心的审判"，实际就是宗教法庭对良心和道德的审判。

然而，对于人类来说，白天毕竟比黑夜美好，光明毕竟胜过黑暗。因此，太阳神便成为人世间的最高神祇。

在埃及，作为与人间相对应的神的世界，是通过大量的壁画浮雕保存下来并展示在我们面前的。古埃及的绘画有其独特的风格，它既不像古希腊、罗马的绘画那样注重写实，也不像中国水墨画那样倾向写意，它是以一种特殊的视角，把人物最具特征的部分展示出来，并统一在一起。画人头总是选择人的侧面，因为侧面的眼睛、鼻子轮廓清晰，能够反映这个人的特点。人的身体一概画成正面视图，双脚又变成侧面站立。整个人体以一种奇特的姿势扭曲着。人物的尊卑决定其在画面上尺寸的大小，没有远近缩狭的透视变化。画法古朴，形象生动，色彩艳丽，构图别致。壁画的空隙，还写着一些象形文字。埃及的象形文字和中国的象形文字最大的不同是，中国的象形文字主要是表意，埃及的象形文字除表意外，还兼带表音。比如说，一个猫头鹰的图案，既代表这种鸟，又代表鸟叫的发音"姆"。这为后来向拼音文字的过渡创造了有利条件。值得庆幸的是，年久失传的埃及象形文字终于被法国学者商博良在1822年破译了，因此，我们才得以知道一些与金字塔有关的知识。当然，金字塔也还有很多未解之谜，甚至可能是永恒之谜。

我应该感谢我的导游"贾宝玉"，他知道我喜欢埃及的壁画，专门把我们带到一家画店，让我购买了两张画在纸莎草上的仿古画。一张是狼神站在天平前为死者称心，一张是正义女神会见太阳神。我把这两张画带回中国作纪念。另外，我还要感谢这位获得埃及学硕士学位的导游，他给我讲解了许多有趣的故事，加深了我对金字塔的认识和理解。特别是他为我拍了一张别开生面的照片：他让我远远地背靠金字塔站着，伸出右手，手掌下弯。当照片出来时我才发现，我的手正抓住金字塔尖，仿佛要把它提起来。

或许我真的把金字塔提起来了，因为我想到一句似乎可以提纲挈领概括金字塔的话：埃及的法老为追求永生而建造金字塔，他们没有获得永生，却在不经意间使金字塔实现了永恒。

2007 年 4 月

埃及的神庙和对太阳神的崇拜

 约公元前 3100 年，美尼斯法老统一了埃及，在孟斐斯建立起埃及历史上的第一王朝。此后，约公元前 2686 年至前 2181 年，是埃及历代法老大规模建造金字塔时期。约公元前 2040 年第十一王朝将政治中心移到底比斯即现今的卢克索后，埃及历史进入了大规模建造神庙的时期。

 如果说埃及法老建造金字塔是为了实现来世永生的话，那么他们不惜工本地建造神庙则是为了留住神灵，以保障他们今世拥有至高无上的权威和福祉。因为金字塔是埃及法老遗体和灵魂的永久归属地，神庙则是神灵在人世间的永久住所。

 和世界上的许多民族一样，古埃及人对神的崇拜首先表现为对太阳的崇拜。太阳是人们生活中每天都会见到的自然物，它的光和热孕育了地球上的

埃及的神庙

生命和万物，因而太阳顺理成章地成为生命和万物的创造者。造物主往往是宗教信仰中的最高神祇，所以太阳便成为统领神界的太阳神。古埃及人认为，太阳神名叫阿蒙，通身皆是黄金，早晨像一只甲虫，中午和晚上显示人形。太阳神阿蒙和智慧之神托特、鹰神荷鲁斯、混沌之神塞特等诸神乘着太阳船每天游弋在蓝天里，晚上则沉入地下世界。而在黑暗的地下世界中，潜伏着一条大毒蛇阿波菲斯，它总是千方百计地想把太阳船弄翻。蛇和神不可避免地经过一夜的较量，最后神战胜蛇，太阳船又从东方地平线上升起。

太阳神有两个女儿。一个叫玛特，是正义女神，头戴羽毛，长着一双翅膀。当人死后到冥界接受良心审判的时候，玛特就是审判官。如果死者的心脏比玛特的羽毛重，说明他生前恶行大于善行，便永世不得超生。

太阳神的另一个女儿叫哈托尔，性格凶狠，喜怒无常。她的化身是一头狮子，头上顶着一轮太阳。她是一个危险的女神，给人类带来疾病和战争。

太阳神的两个女儿，代表着太阳的两个侧面，即既可以带来温暖和幸福，也可以带来干旱灾害。这大概就是古埃及人对太阳的认识。

世界上的其他民族也有过太阳崇拜。在希腊神话中，太阳神名叫阿波罗。中国古代也有夸父逐日的传说，还有后羿射日的故

埃及女王神庙

事。在马王堆出土的汉墓女尸的盖尸布上，太阳被描绘成鸟的模样。即使到了现代，人们也把一些令人尊崇的事物比作太阳。可见对太阳神的崇拜并非埃及人的专利。

然而，埃及人修建太阳神庙所投入的工本和庙宇的规模，则是任何其他国家和民族无法企及的。我们到坐落在尼罗河东岸的卡纳克神庙参观，虽然只能见到一片废墟，但依然能够感受到当年的恢宏和壮观。这座专门祭祀太阳神阿蒙的神庙始建于第十二王朝时期。此后每一朝代的法老都要继续增建，一直持续修建了1000多年，使之成为一个全部用巨石建成的浩瀚的神庙建筑群。贯穿东西的中轴线和支轴线上共有10道门墙。第一道门墙，也是最外边的一道门墙，建得最晚，原设计高度约为43米，代表尼罗河两岸的山脉。从高大的石门进去，可以看到数不清的擎天石柱纵横交错地排列着，把空间隔成"井"字形的通道。石柱之高，仰视时足以让你的帽子从头上掉下来；石柱之粗，几个人张开双臂也不能将它围抱。石柱上镌刻许多象形文字和生动的浮雕壁画。多亏法国学者商博良于1822年破译了埃及的象形文字，才使我们能够解读神庙石柱上和墓道墙壁上镌刻的浮雕壁画。原来这些壁画所展示的是一个以太阳神为主神的神的世界。在太阳神统治之下，还有许多大大小小的神祇，有的如飞鸟，有的似毒蛇，有的是鹰首人身，有的长着一颗豺狼的头。他们各司一种职责，维持着神界和人世的秩序与和谐。这些带有动物模样和特征的神祇，很大程度上来源于古埃及人的图腾崇拜。

在卡纳克神庙的第一道大门外，是一条自东向西的通衢大道，道路两侧立着数十对狮身羊头的怪兽。这种把温顺和凶猛结合在一起的动物，据说是太阳神的化身。而在南北方向的轴线上，则有一条长达3公里的大路，一直通到卢克索神庙，大路两侧立着上千对狮身人面兽。可惜目前我们能够看到的道路只有百来米长，大部分道路和狮身人面兽被埋于沙砾和阿拉伯人的住宅下面，没有发掘出来。最早的狮身人面兽立在吉萨的哈夫拉金字塔前面，狮身人面兽的头部是依照哈夫拉的模样雕刻的。所以，狮身人面兽实际是埃及法老的化身，代表他们半人半神的身份。

对神的崇拜归根结底要落实到对人的崇拜上，吹捧神权的目的是为了吹捧王权。在卡纳克神庙第二道门墙下有一尊高大的拉美西斯二世的石雕像，膝下有他女儿的石雕像。两尊雕像的比例悬殊，因为用大小比例的悬殊来显示地位的尊卑，是埃及古代雕塑和绘画的一个通行原则。拉美西斯二世在位的时候，雕刻了这尊像放在神庙里，以便人们把他当作神一样来祭祀。可是等到他死了，后来的法老皮诺迪珍却在雕像上刻上自己的名字，似乎大家祭祀的不再是拉美西斯二世，而是皮诺迪珍自己。他不花任何成本便捡了一个便宜。

埃及唯一的女法老哈特舍普苏特在对太阳神的崇拜方面亦不让于须眉。平时她戴着假胡须，装扮成男子的模样，就连死后，她的木乃伊的面罩上依然挂着胡须。她生前在太阳神庙里竖了一个方尖碑，高约29.2米，傲然屹立在神庙的后院中，宣示出出类拔萃的超凡气度。女法老还在主神殿的北面为自己建了一座神殿，墙壁上镌刻着鹰神荷鲁斯和智慧之神托特为她加冕的浮雕壁画。她的继任者图特摩斯三世由于妒恨她的权势，将女法老的壁画破坏殆尽。就这样，埃及法老们为了大树特树自己的绝对权威，不惜破坏他人的权威，并在破坏他人权威的过程中树立起自己的权威。因此在卡纳克神庙长达 1000 多年的建设过程中，破坏与建设同在。

当然，真正使卡纳克神庙遭受巨大破坏的，是外国军队和外来文化的入侵。

公元前 332 年，由亚历山大大帝统率的希腊军队跨过地中海，征服了埃及。亚历山大大帝的部将托勒密自立为埃及国王，史称托勒密王朝，统治埃及 270 多年。到了"埃及艳后"克娄巴特拉七世统治时期，罗马人又打了进来。尽管传说"埃及艳后"和罗马军队的统帅恺撒大帝谈起了恋爱，但埃及托勒密王朝最终仍逃脱不了覆灭的命运。罗马的天主教传入埃及，埃及的太阳神神庙一度被当作天主教教堂。公元 642 年，阿拉伯人攻占埃及，并带来伊斯兰教。1517 年，埃及沦为奥斯曼帝国的一个省。埃及的古代文化和宗教，连同埃及的神庙和对太阳神的崇拜，都遭受到外国军队及外来文化和宗教的破坏与摧残。埃及神庙被泛滥的尼罗河水所淹没，并沉埋于泥沙之下。待到水退后，阿拉伯人在埃及神庙上建起了清真寺。

如今，埃及成了阿拉伯国家之一员。街道上遇见的埃及人，大多身着白色长袍，头裹白色毛巾，跟神庙壁画上古埃及人的装扮浑然不同。但奇怪的是，埃及人并不使用阿拉伯字母，我们看见商店所标的牌价和汽车牌照的号码，均是我们不熟悉的印度字母，或许这是他们对阿拉伯文化所表达的一点抗议和抵制，但这种抗议和抵制显得十分苍白无力。时值中午，清真寺的高塔上响起了钟声，整个埃及都开始礼拜，街上的行人面对麦加方向，双臂交叉，匍匐在地。只有神庙废墟上的石柱被太阳晒得发烫发热，茕茕孑立地耸立在那里，显得有些不协调。

2007 年 9—10 月

地底下的埃及

这次到埃及才知道，埃及其实有两个：地面上的埃及和地底下的埃及。地面上的埃及是活人生活的地方，地底下的埃及是死人居住的家园。地面上的埃及有众多历史文化遗迹，如神庙、金字塔、狮身人面像、法老雕塑等，地底下的埃及则更加神秘，更加精彩。

埃及是世界四大古代文明发源地之一。早在公元前若干世纪，埃及人就在思考生与死的问题。人的一生所要走的路程，不过是从初生时的摇篮到死亡时的坟墓这一段短短的距离，其间不过几十年，最长也无非一百来年。生是短暂的，死是永恒的。他们把死视作生的继续，视作另一次生的开始。于是埃及人把尸体制成木乃伊，藏入地下深处，期待有一天，灵魂与没有腐烂的尸体再度结合，从而出现新的生命。

　　出于对死亡的畏惧与崇拜，对永生的渴望与追求，才创造出一个地底下的埃及。

　　一、　帝王谷

　　目前，最能向游人展示地下埃及风貌的地方，当数帝王谷莫属。

　　帝王谷位于尼罗河西岸，距离开罗约700公里，是古埃及十八王朝至二十王朝年间法老及高官的陵墓，是一片山间谷地，分东谷和西谷两部分。这是继金字塔群之后的又一帝王陵墓群。它把耸立的高山当作天然的金字塔，省去地面建筑的部分，而集中财力物力向地下发展。可以说，帝王谷的地下建筑是埃及法老们建在地下的宫殿，是他们永久的居所。从埃及现存的文字记录或地面的历史遗迹中，我们都看不到法老们地上宫殿的痕迹。不像中国的帝王们，虽然也看重死后的生活，但决不放弃现世的享受，所以有阿房宫、铜雀台等著名宫殿的历史记录，也有类似北京故宫、沈阳故宫等建筑实体可资佐证。可以推断，埃及法老并不太在意现世生活的品质，而十分看重死后的生活，因为在他们看来，生毕竟是短暂的，是迟早都要过完的，而死则是永恒的，关系到自身的长远利益，关系到自己能否永生，因而不计血本地修建属于自己的地下世界。这反映了他们的生死观：生是为了死，死后求永生。

帝王谷共有 62 座墓穴，古代称为"真理之地"。我问导游为什么有这样的称呼，他虽是埃及学的硕士，却茫然无言以对。我猜想，这恐怕跟古埃及人对死亡的看法有关。什么是真理？可能他们真理就是永恒的东西。既然死亡是永恒的，那么死亡就是真理。

62 座墓穴没有全部开放，只有一部分开放给观众参观。

在导游的带领下，我们先去参观拉美西斯三世的墓穴。他是古埃及二十王朝的法老。墓穴在古代已经被盗过，陪葬物品早已被盗窃一空，只有墙上的 4 幅壁画保存下来，其中的 3 幅画的是祭品和陪葬品，还有 1 幅则表现拉美西斯三世和神在一起。入口处有一对兽头石柱，沿长长的走廊往下走，经过一个过厅和配殿，再往底下行走几百米，才到放置石棺的正殿。在古代落后的生产技术条件下，要完成这样的工程是非常困难的，耗费时日，且造价十分昂贵。

在全部已经发现的 62 座墓穴中，只有一座没有被盗墓者光顾过，那就是图坦卡蒙的墓穴。图坦卡蒙是古埃及十八王朝的第 12 位法老，英年早逝。1922 年才发现他的墓穴。在英国伯爵卡尔纳冯出资赞助下，由英国探险家兼考古学家霍华德·卡特主持发掘，结果获得重大发现，光是地下出土的文物就多达 2000 多件。图坦卡蒙的木乃伊保存完好，由里三层的棺和外三层的廓保护着。最里一层的人形棺用黄金铸成，重 110.9 公斤，盖在他脸上的黄金面具重 10.23 公斤。即使不考虑其文物价值，按市面的黄金价格折算，也是一笔可观的财富。

我想，如果把帝王谷所有墓穴的地下建筑连起来，那就是一座四通八达的地下城；如果把所有被盗或没有被盗的地下财物汇拢在一起，将会是一个富可敌国的财库。这就是地下埃及的真面目。

然而，地下埃及是轻易不肯让世人看到它的真面目的。在图坦卡蒙墓穴中写着这样的诅咒："谁要是干扰法老的安宁，死亡就会降临到他的头上。"说来也蹊跷，出钱发掘墓穴的卡尔纳冯伯爵只是到现场看了一下，不久就暴毙，直接或间接参加发掘的22人也先后神秘死去。不知是否因为法老的诅咒显灵，抑或是纯属偶然，至今都没有办法证实。

二、 地底下的壁画

古埃及的墓葬壁画展示了一个虚拟的地底下的世界。

活人活在世面上，死人活在地底下。之所以用坟墓壁画的方式将地底下的情况生动地表现出来，目的是对活人起到警示作用。

埃及的绘画有三种样式。第一种称为"线刻"，在石头上刻画人物或动物，系平面造型。第二种是象形文字，用一个符号代表一件实物，每一个符号就是一幅画。后来，埃及的象形文字又逐渐发展为由表意、表音和部首三种符号组成。第三种是墓壁画，这是古埃及最主要的绘画形式。埃及的墓壁画有独特的绘画方式和规则，与西洋画、中国画截然不同。它们既不写实，也不写意，而是根据画师的记忆去绘画。人脸的侧面特点最突出，故人像的头部永远是侧面，身体是正面，而下肢是侧面。现实生活里根本没有这样的人。它不讲究远近缩窄的透视变化，地位高的人画得大，地位低的人画得小。在构图上采取横带状的排列，用水平线来划分画面，注重画面叙述的连续性，像一册展开的连环画。而且还加上一些象形文字，类似中国画的题跋。

色彩的应用也有规定好的程式。黑色被认为是地下的颜色；

白色表示圣洁；银色的颜料用贵金属制成，用来描绘太阳、月亮和星星；埃及蓝是埃及独有的蓝色，用来涂抹神的头发、脸庞，后期用于描绘法老；黄色是妇女皮肤的颜色；红色代表混沌和无序。整个画面五彩斑斓，色彩艳

埃及的象形文字

丽，埋藏地下，历经千年而不褪色。

埃及的墓葬壁画琳琅满目，其中不乏价值极高的精品。比如，1964年在阶梯金字塔附近的一处墓葬中，发现一幅《死者的归宿》壁画，画面表现死者的灵魂追随神灵奔赴另一世界，那里水草丰美，人民幸福。从这幅壁画可以看出古埃及人"视死如归"的情怀，他们认为冥界并不可怕。

另一幅《捕禽图》，以古埃及达官内巴蒙为主角，表现他从冥界归来重获生命。人物的头部、身子和腿脚，都遵循"正面律"的画法，使眼、耳、鼻、身、手、脚都清晰地表现出来。

埃及的墓葬壁画，其画面通常是在同一水平线上展开的。他们认为，只有把死者的生平绘在同一张壁画的同一水平线上，死者的生命才不至于被切断，死者生前所拥有的财富，描绘在壁画上，也能转移到阴间。例如，第四王朝祭司长的坟墓里就画有大量牲畜，经统计，带角的大畜类1055头，带角的小畜类3029头，驴子760头。第六王朝的一个大臣在自己的墓壁上描绘了大量的天鹅、鹅、鸭子和鸽子，并且在铭文中记载了这些禽类的详细数目。

埃及墓葬画的内容丰富多彩，其核心主要是展示人由生到死，再由死到复活的轮回。死亡并不可怕，从某种意义上说，地底下的埃及，比地面上的埃及更精彩。

2009年7—8月

首尔看王宫

首尔是韩国的首都，旧称汉城，古代作为李朝（1392—1910）京城 500 余年，留下丰厚的历史文化积淀。到首尔旅游，除了可以看到现代都市时尚豪华的摩天大楼建筑群外，也能见到一些保留下来的古代建筑，王宫就是那个时代最辉煌的杰作。看王宫，不仅是对韩国古代宫殿文化艺术的鉴赏，同时也可以把握历史跳动的脉搏。

首尔有多处王宫遗址，如景福宫、庆熙宫、昌德宫、昌庆宫等，这些王宫在壬辰倭乱和日本占领期间多次遭受破坏，后经修复。其中最著名的当数景福宫。景福宫据《诗经》"君子万年，介尔景福"而得名，是李朝太祖李成桂下令在朝鲜王朝王宫原址上动工修建的，作为王宫使用至 1910 年才改为博物馆。占地约 57 公顷，呈正方形，主轴线上的建筑依次为光化门、兴礼门、勤政殿、庆会楼、香远亭、乾清宫，两侧是后妃寝殿，计有建筑 500 余栋。

看到景福宫，马上令人联想到北京的故宫。如果把景福宫当作北京故宫的复制品，一点也不为过，只不过规模和气势略有区别罢了。

从建筑样式看，景福宫和北京故宫是一样的风格，都是大屋顶。建筑的外观特征明显，由屋顶、屋身、台基三部分组成，建筑学上称为"三段式"。因为是王宫，所以要建在高台上，以凸显不同凡响的崇高地位。屋身可以有不同的形状，但屋顶必定是大屋顶。大屋顶是典型的中国古代传统建筑样式，可细分为庑殿顶、歇山顶、悬山顶、硬山顶、卷棚顶、攒尖顶等 6 种，以庑殿顶等级最高，多用于宫殿或寺庙。大屋顶呈"人"字形，不同时期或不同类别的大屋顶各有其特点，反映出不同时期的建筑师所具备的建筑风格和审美情趣。但就其共性来说，大屋顶体型高大，屋檐高翘，追求动感和曲线美，屋顶"人"字形的坡度平缓坦然，使建筑显得雍容端庄，雄伟庄严。中国大屋顶建筑早已趋于成熟，早在 12 世纪的宋朝，官方就颁布了《营造法式》，对建筑的设计、施工、材料、定额、指标等作了详细规定。清朝雍正十二年（1734 年）又颁布了《工程做法则例》，对建筑术语进行规范和解释，给泥、木、雕等 13 个工种制定了技术标准，并规定施工人数和材料定额，绘出建筑样式和各种构建的详细图纸。所有这些，都把官方的建筑工程纳入规范化、程序化和标准化的范畴，在一定程度上减少了偷工减料、贪污腐败等现象的发生，大大方便了王宫的重建与复制。

作为王权象征的王宫建筑，是封建专制文化的产物，必须符合封建礼教的规定，寸砖片瓦皆遵循封建社会的等级礼制。李朝作为中国的保护对象，一直对中国的中央王朝称臣纳贡，所以他们建的景福宫不可能跟北京故宫处于同一档次，这就是造成景福宫比北京故宫规模较小、高度较低的一大原因，而并非像有些人推测的那样，是因为韩国李氏王朝小国寡民，拿不出足够钱财。

从景福宫，我们可以看到中华文化对韩国文化的影响，也可以明显感受到韩国传统民族文化璀璨的光芒。作为韩国王宫建筑代表的景福宫，建造时同样遵循着中国皇宫建筑所规定的一些基本原则，比如受地理方位等观念的制约和影响。整座王宫由高3米、长3626米的宫墙围成一个长方形，四周有4座宫门：南光化、北神武、东建春、西迎秋。宫殿一律坐北面南，背靠大山，前面视野开阔，是"望得见山水的房子"，地理位置极佳。然而与中国不同的是，景福宫没有横空出世傲然孑立的样子，不刻意以高贵、壮丽的形象来与周围的自然景色比高低，而是顺从自然，融于自然。远远看去，除了光化门有点像天安门那样突出醒目外，其他建筑皆隐匿在树荫及湖光山色之中，给人以平和、宁静的感觉。另外，景福宫在建筑规模和装饰方面力戒铺张，追求简洁、恭谦和内敛，御花园的布局力求自然，这些都不折不扣地贯彻了韩国民族固有的建筑理念。难怪有人说，景福宫虽是王宫，却显得"平民化"。

从王宫的装饰细节来看，景福宫和北京故宫也有所不同。作为王宫，少不了龙，龙是国君的图腾，是真命天子的化身。在北京故宫，龙随处可见，且十分威武庄严，腾云驾雾，张牙舞爪，显示着至尊无上的地位。景福宫里龙的造型则温顺得多，而且罕见，大概是避免来自中国方面的猜忌。故宫的石狮头大威猛，怒目圆睁，狮口大开，凛然不可侵犯。景福宫的石狮，头小身子长，毛卷曲似绵羊，虽然也露出一对犬齿，但样子不凶。

韩国不仅从中国模仿和复制了王宫建筑，更重要的是模仿和复制了中国式的封建君主专制制度。李朝的官职跟随古代中国模式：从正一品到从九品，共 18 级。国王之下是议政府，再下是

首尔景福宫

吏、户、礼、兵、工、刑"六曹"。宫中女官，官阶最高的级别叫尚宫，又分数种：提调尚宫，为所有宫女之首，权势可跟内阁最高长官领议政相比；最高尚宫，为各部门宫女之首；气味尚宫，负责检测食品，防止中毒；至密尚宫，留在国王身边传达圣旨。另外还有班家子弟，系官宦人家的子女，留在宫中听差。最低一等的女仆叫白丁，贱民出身，不会读书识字。宫中有一种很矮的门，专供她们使用，要俯首折腰方能进出，被称之为"虐仆怪门"，时刻提醒仆役们记住自己低人一等的身份。

封建君主专制制度是人类社会发展到一定历史阶段的产物，它比奴隶社会前进了一大步，但还带有很大的野蛮性。这种制度下，人类社会的王位可以世袭，传子传孙，代代无穷。这就带来一个问题：国家的兴亡与国君的贤愚与否有很大的关系，贤者可以兴邦，愚者导致亡国。比如说，李朝的世宗大王（1418—1450在位）就是一位兴邦的明主，至今仍被称颂。如今在光化门的广场上，树立着一尊世宗大王的巨型铜像。广场地下修建了世宗文化会馆，分 8 个展厅，全面介绍了世宗创制韩文、发展科学艺术、关注民生、军事拓疆等方面的功绩。世宗是韩国人的骄傲，类似中国的秦皇汉武、唐宗宋祖。

可惜，世宗的后代子孙也有昏君庸才，这才导致近现代的韩国被日本和西方列强侵略，被日本占领了整整 35 年。正如巍巍大清王朝最终也沦为半封建半殖民地社会一样，昏君负有很大的责任，但归根结底还要归咎于封建专制制度本身。

唐朝的石将军雕像

　　由封建专制向三权分立的民主政治过度，实行共和，是韩国社会的一大进步。1948 年大韩民国成立。1960 年李承晚的军事独裁统治结束，尹谱善当选韩国总统。总统府设在青瓦台，白墙青瓦，尾随于景福宫之后，为表示跟代表封建专制制度的景福宫划清界限，刻意模仿美国的白宫而取名蓝宫。韩国开始走向另一个新的时期。

2017 年 1 月

解读吴哥

  吴哥是柬埔寨真腊王国最后一个古都,建于公元 9—13 世纪。这是柬埔寨历史上最辉煌的时代,号称吴哥时代。吴哥的建筑分两部分:吴哥通和吴哥寺,均由巨石砌成。因其建筑雄伟壮观、精美卓杰,而成为与中国长城、埃及金字塔、缅甸蒲甘佛塔、印尼婆罗浮屠、印度泰姬陵等齐名的古代奇观之一。遗憾的是,1431 年暹罗人一度攻占吴哥,真腊被迫迁都金边,从此吴哥湮没于热带丛林中达数百年之久。19 世纪,西方探险家和博物学家偶然在密林深处发现了吴哥遗址,并撰文介绍,引起学术界重视,许多学者开始致力于吴哥研究,使之成为一门显学。然而,截至目前,吴哥还有很多难解之谜。笔者曾多次到吴哥考察,试图从新的角度来解读吴哥。

一、 从吴哥通看城市建设

在柬埔寨语中，吴哥是城，通是大的意思，吴哥通就是大城。公元 802 年，阇耶跋摩二世将陆真腊和水真腊合并，在洞里萨湖东北，今柬埔寨的暹粒省，建起一座宏伟的新首都，称为吴哥通。吴哥通作为真腊王国的首都长达 630 年，中间经历的国王有名可考者就达 42 位。历代国王对城市建设皆有增建，遂使吴哥通成为一座名副其实的大城。

吴哥通的城市布局，在元人周达观的《真腊风土记》"城郭"条中有详细描述：

州城周围可二十里，有五门，门各两重。惟东向开二门，余向开一门。城之外皆巨濠，濠之上皆通衢大桥。桥之两旁，共有石神五十四枚，如石将军之状，甚巨而狞，五门皆相似。桥之阑皆石为之，凿为蛇形，蛇皆九头。五十四神皆以手拔蛇，有不容其走逸之势。城门之上有大石佛头五，面向四方。中置其一，饰之以金。门之两旁，凿石为象形。城皆叠石为之，高可二丈。石甚周密坚固，且不生繁草，却无女墙。城之上，间或种桄榔木，比比皆空屋。其内向如坡子，厚可十余丈。坡上皆有大门，夜闭早开，亦有监门者，惟狗不许入门。其城甚方整，四方各有石塔一座。曾受斩趾刑人亦不许入门。

笔者到实地考察，历史仿佛被凝固在周达观的著作里。700年前周达观描写的景物，如今活生生地展现在眼前。吴哥通呈四方形，由每边长 3 公里、高 8 米的城墙围绕。城内面积共 145.8

"五十四神以手拔蛇" 雕像

公顷。城墙外是一条宽 8 米的护城河,堤宽 25 米,相当于一条环城公路。四周共 5 座城门,除东面有两门外,西、南、北方各一门。城门入口处是一长通道,一通衢大桥横跨护城河。桥两侧各有 27 尊石像,共 54 枚,左边是神仙,右边是魔鬼,皆用手扯着一条名叫那伽的七头蛇(有的为五头,周达观记为九头),在搅动乳海(牛奶海)。至于城门外的大石佛头,则是指婆罗门教祀奉的大梵天王婆罗摩。后来变为佛教的四面佛,因为他有四张脸。城门两旁的石象,也不是普通大象,是名叫爱勒湾的三首象,是因陀罗的坐骑。整座城市充满宗教神话色彩,或者说该城为宗教目的而建,这是吴哥城市建设的第一个特点。

城门之内,恰当市中心,有一座小山,山上建寺,称为巴扬寺，这就是《真腊风土记》"城郭"条所说的金塔："当国之中有金塔一座，旁有石塔二十余座。石屋百余间，东向有金桥一所。金狮子二枚，列于桥之左右。金佛八身，列于石屋之下。"实地考察结果显示，巴扬山距城门 1500 米，是城中最高点，仿摩耽山而建，代表宇宙中心和天地连接点。

环绕吴哥通的城墙，就像环绕摩耽山的群山，护城河是群山之外的大海，吴哥通实际是宇宙的缩影。按照当时人的宇宙观来建吴哥，这是吴哥城市建设的第二个特点。

据戈岱司考证，吴哥通的城墙和护城河是阇耶跋摩七世所建，这是戈岱司释读了在城墙角楼发现的碑铭后得出的结论。我们将巴扬寺与城门的建筑风格比较，不难看出两者的一致。城门顶上的大石佛头跟巴扬寺 54 座塔顶部的大石佛头一模一样，有四张脸，面向四方。面部表情也有共同的特征：眼睛往下看，嘴角往上翘，露出一种"吴哥式微笑"。塔的建筑样式也都是称为巴刹的吉蔑式古塔，外观像一苞玉米，或者说像一个菠萝。这是周达观于 1296 年见到的吴哥通，也是我们今天见到的吴哥通。它以一座小山作为城市的中心，山上盖有神庙，这是吴哥城市建设的第三个特点。

从吴哥城市建设的这三个特点，充分说明吴哥城的建设是以宗教原则为核心设计的。城市的中心建筑是神庙，城中的主要建筑群是王宫和宗教建筑，商店和民居统统都在城外。东南亚国家的早期城市大都采取这种建筑模式。例如，泰国 13 世纪的故都

"吴哥式微笑"

素可泰城，14 世纪的阿瑜陀耶城。中国古代都城虽然有内郭和外城之分，内郭是皇城，外城供普通百姓居住，但终究不像吴哥那样，把百姓赶到城外，城内明显以神权和王权为中心。在人类社会发展史上，城市是人类文明的象征。"文明"这个词，源于拉丁语"市民的生活"。因此，由吴哥城反映出来的吴哥文明，毫无疑问是一种宗教文明。

二、 从吴哥寺看宗教信仰

吴哥寺位于吴哥通南 1700 米，建于 12 世纪上半叶，历时 30 余年建成。现作为国家的象征而印在柬埔寨国旗上。吴哥寺大门向西，跟其他建筑大门向东者不同。四周由围墙和沟壕围绕，以沟壕外围计，东西 1500 米，南北 1300 米。寺建在大石平台上，凡三层：第一层高出地面 3.5 米，东西长 215 米，南北宽 187 米，由刻满浮雕的长廊围绕；第二层平台高出第一层 7 米，东西长 115 米，南北宽 100 米；第三层又比第二层高 13 米，为边长 75 米的正方形。在此平台上筑五塔，中间一塔最高，塔顶距地面 65.5 米。

周达观在《真腊风土记》"城郭"条中将吴哥寺称作鲁般墓："鲁般墓在南门外一里许，周围可十里，石屋数百间。"

明人严从简在其著作《殊域周咨录》"真腊"条里曾提出这样的疑问："鲁般墓在其南门外一里许，其城甚方整，四方各有石塔一座，俗传鲁般一夜造成。然鲁般本鲁人，安得有墓在真

吴哥寺

腊？今以般仙若长存世间，靡处不到，凡宫殿塔桥之奇巧者，必指为般所造，不惟中国，而外夷亦然，又何其妄哉！"其实，这里的鲁般，非指中国的能工巧匠鲁班，而是指婆罗门教的创造之神湿婆。吴哥寺跟真腊时期的其他神庙一样，主塔供奉湿婆。湿婆通常有两种表现形式：一是现身湿婆，样子像一位修行者，皮肤白皙，呈禅坐姿势，有三只眼。这种形象常被镌刻在石拱门上端，或神堂的内壁。另一种是不现身的湿婆，其造型为被称之为"林伽"的男性生殖器。湿婆是创造之神，世间的一切都是他创造的，包括人也是他创造的。同时，他还是毁灭之神，能毁掉一切。为什么周达观把吴哥寺称作鲁般墓呢？这大概有两方面的原因：1. 鲁般和湿婆皆是创造之神，湿婆不为当时中国人所知，故用鲁般代替湿婆，周达观用的是意译。2. 吴哥寺并非佛寺，而是婆罗门教的神庙，主祀湿婆，这从主塔里供奉着林伽便可得到证明。真腊国王阇耶跋摩七世为了强化其统治，自诩为神转世，死后遗体葬于吴哥寺。因此，周达观才把吴哥寺称作鲁般墓。这正好说明吴哥寺有两个用途：既是祭祀湿婆的神庙，又是真腊国王的陵寝。

林伽作为天神、国王、男人三者合一的象征被置于吴哥寺中，也就是被置于宇宙的中心，标志着神权、王权和夫权在真腊王国至高无上的统治地位的确立。对神的崇拜，说到底便是对人的崇拜。戈岱司指出："有证据说明个人崇拜始于吴哥时期。我们发现吴哥时期许多国王的名字都有跋摩二字，意即受神庇佑之人。"有的神庙，如圣牛寺，干脆供奉起国王父母的石雕像。吴哥时代吉蔑人信奉的宗教主要是婆罗门教，当然也有佛教，但以婆罗门教为主。正如《旧唐书》卷一百九十七说："国尚佛道及天神，天神为大，佛道次之。"这里说的天神，即指婆罗门教崇拜的湿婆神。考察吴哥遗址，我们发现基本上是婆罗门教遗址，属于佛教的遗址很少，只有两个被称为"赛玛"的界碑，通常用作界定佛寺的范围，而佛寺已坍塌无考。过去一般人将吴哥遗址误认为是佛教遗址，其实错了。婆罗门教在吴哥居于统治地位，吴哥文化的实质是婆罗门文化。

婆罗门教在吴哥的广泛传播，不可避免地把印度的种姓等级制度带了过来。《隋书》卷八十二说："王姓刹利氏，名质多斯那。"《新唐书》卷二百二十二下说："其王刹利伊金那，贞观初，并扶南有其地。"这里的"刹利"，便是国王的种姓"刹帝利"。刹帝利和婆罗门皆是统治阶级，他们拥有许多特权。

柬埔寨语里，称婆罗门教士为"班诘"，意指有学问的人或哲人。因为当时婆罗门垄断了知识，一般民众没有受教育的机会。有的婆罗门教士被选拔到王宫里执掌祭祀典礼，掌管法律诉讼，或担任医卜星算方面的工作。在这里，知识和特权理所当然地结合在一起。所以周达观在《真腊风土记》"三教"条里说："由班诘入仕者，则为高上之人。"这些当了官的班诘，作为婆罗门教士标志的"项上之线终身不去"，也就是说终身享有特权。

隐藏在丛林里的寺庙

　　吴哥时期在祭祀典礼、法律、诉讼方面深受婆罗门教的影响，如王室庆典必须遵循婆罗门教的礼仪，法律诉讼以印度《摩奴法典》为依据，已是众所周知的事实，毋庸赘言。需要强调的是婆罗门教在医学发展方面做出的贡献。在实地考察中我们发现，周达观《真腊风土记》"城郭"条中所说的北池，即指现今的涅槃宫，实际是一所医院，精通医术的婆罗门就是医生。在涅槃宫中我们仍可以看到婆罗门用圣水为人治病的地方。圣水储于北池中，分别从池四方的石狮、石佛、石象、石牛的口中流出。《真腊风土记》"病癞"条说："国人寻常有病，多是入水浸浴，及频频洗头，便自愈可。"这亦是后来佛教的浴佛、浴身礼仪之滥觞。

象台遗址

　　公元8—9世纪，婆罗门教改称印度教。印度教吸取了佛教的一些教义，如禁欲、业报、与世无争等，并把释迦牟尼佛当作毗湿奴的化身，列入印度教崇拜的神祇。在吴哥遗址涅槃宫的石塔上，既有毗湿奴神像，又有释迦牟尼佛卧像，两者合二为一。

　　公元9—11世纪，印度教和佛教在吴哥地区并存。这个时期的佛教主要是大乘教派。因为"大乘佛教之异于小乘佛教的一个特点是菩萨观念，实行六度波罗蜜，发展菩提心，修行十地行法，三身和真如的观念，目的是成佛道"（莫佩娴《印度佛教部派的历史》）。这一时期制作的佛像，多为大乘教派推崇的菩萨像。13世纪以后，小乘佛教在吴哥地区盛行，主要是受到邻国暹罗的影响。1432年暹罗攻占吴哥后，小乘佛教便居于统治地位。

由婆罗门教向佛教的转变，不仅仅是宗教信仰的转变，它还使人们的思想观念和政治制度跟着发生转变。佛教主张众生平等，人人皆可立地成佛，这无疑是对婆罗门教森严等级制度和神权至高无上的一种挑战。随着佛教逐渐发展壮大，吴哥地区对林伽的崇拜日趋式微，神权、王权、夫权三位一体的婆罗门教让位给比较讲求"慈悲""平等"的佛教。虽然吴哥封建社会的性质没有发生根本转变，但毕竟代表一种进步。

三、 从浮雕壁画看社会经济

吴哥的浮雕壁画是一幅百读不厌的历史长卷，又是一本反映当时现实生活的百科全书。浮雕壁画主要集中于吴哥寺和巴扬寺。其内容可以分为两类：一类是神话传说，采用浪漫主义的创作手法；一类是日常生活，采用现实主义的创作手法。

吴哥寺的第一层回廊周长 800 多米，镌满大型壁画浮雕。其表现内容是印度古代战争场面，印度古代史诗《罗摩衍那》里的故事，真腊国王苏耶跋摩二世的军队，天堂和地狱里的情况，神仙和魔鬼一同搅动乳海，毗湿奴战胜魔鬼，神魔大战等。浮雕壁画的构图气势恢宏，场面壮观，富于想象力。表现婆罗门教的神祇是一个重要主题。这些神祇大多以年轻人的面貌出现，有一种高贵的气质。他们或坐，或站，或靠，面部表情安详。鉴定他们的身份不能光凭相貌，还要看其他东西，可以从他们手中的物件或坐骑，作为身份鉴别的依据。一般说来，一根棍或权杖，代表武器。手持一个模仿自然状况的海螺，是神佛的标志。一个看起来像有辐的车轮并刻有文字的圆盘，被视为世界之主宰，佛教称之为法轮。串珠是印度教和佛教都使用的法器。三叉戟看起来像有三个齿的大叉子，代表正义，具有摧毁一切邪恶的威力。一个圆形开口的花瓶，意味着充满生命之水。总之，多具备一些宗教知识，便有助于读懂这些浮雕壁画。

巴扬寺的浮雕壁画则比较侧重反映早期吴哥的现实生活。除了战争、游行等浩大的场面外，还有表现日常生活的小场面。诸如农耕、集市、打鱼、饮宴、治病、斗猪、斗鸡、杂耍等。如果我们不是像一般游客那样仅从艺术的角度来欣赏这些浮雕壁画，而是从学术的角度来仔细研究的话，就会有许多有趣的发现。比

精美的浮雕

如，浮雕壁画上有的牛用绳子穿了鼻孔，有的牛没有穿鼻孔，说明吴哥时期牛穿鼻的现象还不普遍。我们知道，给牛穿鼻是为了驱牛耕田的方便，当时柬埔寨恰恰没有牛耕的习惯。《真腊风土记》"走兽"条指出："牛甚多。生不敢骑，死不敢食，亦不敢剥其皮，听其腐烂而已。以其与人出力故也，但以驾车耳。"其实，真正的原因是因为牛是湿婆神的坐骑，从宗教信仰的角度来看，吉篾人尾随印度教崇拜牛。公元9世纪末，吴哥地区还专门修建了一座神牛寺，以供奉湿婆的坐骑神牛南提，与此同时，该寺还作为纪念国王已故父亲的场所，足见牛的地位之崇高。

又如，从浮雕壁画上我们可以看到吴哥时期已经知道驯养猴子上树采摘椰果了。这种驯养猴子代替人干活的技能，一直沿袭至今。如今泰南素叻他尼府还有一间专门培训猴子的学校。

斗鸡、斗猪，是带有赌博性质的民间娱乐活动，在浮雕壁画上亦有反映。这项活动可以追寻到公元1世纪的扶南国时期，《新唐书》卷二百二十二下《扶南传》说："扶南人斗鸡及猪。"巴扬寺的一幅浮雕壁画生动地反映了斗鸡的场面：一个蓄着胡须的男人，身后跟着一个持钵的女人，跟五个耳垂肥大的吉篾男人打赌。男人们手里拿着钞票看着斗鸡，妇人的钵里盛着鸡食。那个蓄着胡须的男人装扮跟当地人明显不同，很可能是一位华人。当时有许多华人移民来到柬埔寨已是不争的事实，正如周达观《真腊风土记》"流寓"条说："唐人之为水手者，利其国中不着衣裳，且米粮易求，妇女易得，室屋易办，器用易足，买卖易为，往往皆逃逸于彼。"另外，在"异事"条说，他遇见一位姓薛的同乡，"居番三十五年矣"。我们知道，周达观是1296年到达吴哥的，上推35年，即最迟1261年之前就有华人移民吴哥了。用《真腊风土记》的记载跟巴扬寺的浮雕壁画勘比，可知华人移民柬埔寨有着非常久远的历史。有足够的证据显示，华人移民参与了吴哥文明的创造。

巴扬寺还有一幅航海的浮雕壁画，驾船的老大留着胡须，其着装类似华人。据李约瑟考证，这条由多块木板拼成的海舶，乃是中国所制。因为其他浮雕之船，几乎皆是吉蔑人造的独木舟。

在战争场面的壁画中，柬埔寨军队的行伍里，也有打扮类似华人的士兵。华人移民应征入伍，参加柬埔寨的对外战争，亦是情理中事。

吴哥时期，中国与柬埔寨之间的贸易往来十分密切。中国的许多产品，如温州漆盘、泉州青瓷、明州草席，以及水银、银珠、纸札、硫黄、焰硝、檀香、草芎、白芷、麝香、麻布、草布、雨伞、铁锅、铜盘、水珠、桐油、篦箕、木梳、针等，皆是吉蔑人喜欢的产品。柬埔寨"在先无鹅，近有舟人自中国携去，故得其种"。难怪在一幅百姓觐见国王的浮雕壁画上，有的百姓手中抱着鹅，因为鹅是罕见品，故用来敬献给国王。

总而言之，浮雕壁画真实生动地反映了吴哥时期的社会经济生活的发展情况。这是一种建立在"植物文明"基础上的农业经济。近年来西方学者通过空中摄影、遥感和计算机分析等高科技手法，发现"从市中心向北，田地、道路、土墩和灌溉渠构成了一个巨大的网络。整个吴哥城的面积超过 1000 平方公里"。可以想见，在吴哥的鼎盛时期，当他们耗费巨大人力物力修筑宫殿和寺庙的时候，也同时修建了一个庞大的水利灌溉系统。它保证雨季尽量储水，以便旱季使用。1000 平方公里的土地都被河渠分割成四方形的稻田，一年可以收获三造或四造。它有效地控制了洞里萨湖的水患，还为水上运输提供方便，包括修建吴哥城的巨石都是通过这些河渠从采石场运送到施工地点的。正是这个庞大的水利灌溉系统成为吴哥保持经济繁荣的基础。高度发展的农业经济，人和自然的和谐相处，让真腊国成为东南亚地区的经济大国，获得"富贵真腊"的美誉。英国著名学者霍尔在其著作《东南亚史》里说："每一个吉蔑国王即位时，人们总是期待他首先实现'有关公众利益'的工程，特别是灌溉工程，然后经营他自己的陵山。"实际的情况也可能是，国王为了修自己的陵山，而必须先挖河渠运巨石。因为在当时的条件下，从陆路是无法搬动这些巨石的。运巨石的河渠，日后成为农业的灌溉渠。国王具有神一般的权威和握有至高无上的权力，才使他有可能动员和组织成千上万民众来从事无休止的公共工程。这就是马克思曾经论述过的亚细亚生产方式。

四、 历史的反思

吴哥的繁终究逃脱不了最后的毁灭。其毁灭的原因中外学者曾作过多方探讨，诸如泰人的入侵、战争的破坏等，似乎都没有说到问题的症结。唯有最近流行的吴哥毁于生态失调的说法，点到了要害："吴哥的灭亡是由生态原因造成的，包括过度砍伐和干扰城市水道。"这个结论不仅总结了吴哥灭亡的历史原因，而且对现实亦有借鉴和指导意义。当我们今天面对一派荒凉的吴哥遗址时，才体会到大自然的威力。人破坏自然，自然就要惩罚人类，包括毁灭人类创造的文明和人类自身。这个教训发人深省。

2014 年 9 月

生活在历史长河中的尼泊尔人

人类的历史长河，从远古的蛮荒时期，到出现宗教文明，渡过了漫长而黑暗的中世纪，步入近现代的工业社会，其间经历了不同的发展阶段，这些不同历史阶段的景象，一般说来只能到历史教科书中去找寻。然而，在尼泊尔我们却亲眼看到历史发展的各个不同阶段都汇集在同一国家、同一社会中，当今的尼泊尔人生活在历史的长河中。

一、 奇他旺国家森林公园

我们到达尼泊尔的第一天，住在杜利凯尔，只赶上了观赏雪山日落。太阳落山是很壮观的，但只有短暂的一瞬，令人心情惆怅。导游通知说，明天要驱车 220 公里，到奇他旺看野生动物，我心中有点不以为意。跑这么老远的路，就为去看几只野生动物，值吗？一路上心里都在嘀咕。

　　到了奇他旺，把行李放到旅馆里，便换乘越野吉普车，向国家森林公园进发。山路颠簸，田野苍茫，村舍稀落，万籁俱寂。车停在一片稍微宽敞的河滩地，导游让我们下车，坐到独木舟上，顺河漂流。这种独木舟用大树剖挖而成，正像古书所说的"刳木为舟"，连锯子都不用，直接用斧头凿成，非常原始。我们战战兢兢登舟，唯恐稍一摇晃，就掉进河里。每只独木舟上坐 4 人，由一位当地的艄公掌舵，沿着清澈冰凉的河水，驶向密林深处。

　　最初，我们发现一只白鹭在河滩觅食。它通身白毛，嘴巴嫩黄，曲颈昂首，悠闲自得，一副旁若无人的样子。大家立刻兴奋

奇他旺国家森林公园

起来，争着给它拍照。透过镜头，看到远处又有一大群水鸟，聚集在顺流漂浮的浮萍上，色彩斑驳，姿态各异，只是我们叫不出名来。据说，这里栖息着350多种鸟类，堪称小鸟天堂。接着，我们看见一只鳄鱼，近2米长，躺在岸边晒太阳。沿岸散布着大大小小的鳄鱼洞，随着船的行进，我们与许多鳄鱼相遇。有一只鳄鱼头露出水面，张着大嘴，向我们的船迎面而来，船上的人一阵惊叫，说不清是出于恐惧还是出于兴奋。

接着，我们又换乘大象，进入原始森林。我们从高台爬进象轿，驯象人则从象鼻子上爬上来，骑在象脖子上。浓荫蔽日的大树，低矮的灌木丛，织成一张密不透风的网。这是保存完好的热带雨林，有许多野生动物在这里繁衍生息。我们遇见了马鹿、野猪、孔雀、猴子、犀牛。据说还有孟加拉虎，这是最难见到的，然而我们却十分真切地听到从远处传来的虎啸。我们乘骑的大象一度踟蹰不前，并发出鸣叫，似乎在通知其他大象。我们也吓得脊背渗出了冷汗。因与驭象的驯象人语言不通，无法沟通，弄不清是确有老虎，还是由于我们的误听，虚惊一场。总而言之，榛木荒梗，禽兽交横，我们感到了蛮荒探险的乐趣。

"值，太值了！"大家异口同声地说。

原始的生态环境能使人返璞归真，全身心地融入大自然，能使人精神超脱，森林的寂静能使人萌生禅思，天地人的交融能使人忘记自我。

有人问尼泊尔人何以能这样完美地保全他们的自然生态系

统。我发现，他们并没有刻意采取什么人为的保护措施，他们的宗教信仰决定了他们几千年来的生活方式：慈悲为怀，爱惜生命，安贫乐道，知足常乐，感恩惜福，与自然和谐共处。这比任何法律、法规都管用。

二、 佛祖的诞生地蓝毗尼园

佛祖被称为释迦牟尼，意即释迦族的圣人，真名叫悉达多。他的诞生地蓝毗尼园距尼泊尔首都加德满都约 360 公里，离印度却只有 20 多公里，古时候属印度北部的迦毗罗卫国。佛祖的父亲名叫净饭王，母亲是摩耶夫人。关于佛祖的诞生年代有多种说法，主要靠从佛祖的灭度年代推算出来。以泰国为代表的南传佛教认为，佛灭度于公元前 543 年，并以此为佛历纪年。中国的信徒则认为佛灭度于公元前 485 年，比孔子逝世早 6 年。西方、日本的学者各有说法，较多的人倾向于公元前 483 年。然而大家对佛祖活了 80 岁是没有争议的，所以用灭度的年份减去 80 便是佛祖的诞生年。

到了蓝毗尼，首先映入眼帘的是一根高柱上站着一个雕塑的男孩，一手指天，一手指地。七步之遥，是摩耶夫人的塑像。她高举右臂，据说佛祖就是从她肋下生出来的。佛祖刚生下来便能走路，并能说话，他走了七步，一步一朵莲花，他说："天上地下，唯我独尊。"于是就有了我们眼前的这个雕塑群。雕塑群的立柱上镌刻着韩文，下端用英文标明系韩国 108 个寺庙的僧侣出资修建。

佛祖诞生的故事出自《佛本生经》。既然是圣人，就必定与常人有不同之处，这是完全可以理解的。加之，佛祖诞生之前，婆罗门教已经在印度流传了1000多年。婆罗门教把人按种姓的高低贵贱分为四等：婆罗门、刹帝利、吠舍、首陀罗。他们分别是从湿婆神身体的不同部分诞生的。高种姓的人出生于湿婆神的高贵部分，低种姓的人出生于湿婆神的低贱部位。因此，佛祖从摩耶夫人的右肋出生的传说，很难与当时流传的婆罗门教摆脱关系。

进了蓝毗尼园，各种风格的寺庙建筑鳞次栉比，分别是由德国、法国、日本、缅甸、越南、韩国、中国、斯里兰卡、尼泊尔等国修建的，有的正在修建，有的已经完工。园林的面积很大，导游说步行要花5个小时，建议我们乘坐三轮车，好在费用不贵，每人1美元。我们乘三轮车周游了各个寺庙，最后来到佛祖诞生处，这里立着印度孔雀王朝阿育王在佛祖灭度后200多年立的一根石柱，柱上有一块铜牌，注明阿育王曾亲临此地，并确信这里是释迦牟尼诞生之处。附近摩耶夫人庙的遗址，也成了补充的物证。

根据中国古文献的记载，东晋僧人法显于公元401年前后曾经来到蓝毗尼园，当时这里古迹特多，还留有佛祖中少年时期所发生的一些事件的遗迹。但即便是法显时代，这里也已空荒颓败，白象、狮子横行。

唐朝著名僧人玄奘也曾来过这里，他在《大唐西域记》卷六说："城东南窣堵波，有彼如来遗身舍利，前建石柱，高三十余尺，上刻狮子之像，傍记寂灭之事，无忧王所建焉……次北有窣堵波，有彼如来遗身舍利，前建石柱，高二十余尺，上刻狮子之像，傍记灭寂之事，无忧王之所建也。"

照玄奘的记述，阿育王立的石柱有两处，且石柱上端有石刻狮子像。现今考古发掘出来的阿育王石柱只有一根，上端的狮子像也不知所终，毕竟时过境迁已达2000余年。佛教现今在印度已趋于式微，反而是在世界的其他地方得以发扬光大，应了"墙内开花墙外红"这句俗谚。

到蓝毗尼参观让我感受最深的是，释迦牟尼是一位活生生的历史上曾经出现过的普通人，然而因他所秉持的

尼泊尔的石柱

"众生平等"观念，使他变得不普通。因为"众生平等"是佛教最基本的教义，平等的观念是对婆罗门教严格等级制度的叛逆和挑战。西方主张人权平等是文艺复兴时期之后的事，比佛祖提出"众生平等"的口号晚了几个世纪。这使我们不得不佩服佛祖是一位超越时代的思想家，他有很多观点至今仍像金子一样发光。比如说，什么是佛？佛就是觉悟者。人皆可以成佛，即使是恶贯满盈的人，也可以"放下屠刀，立地成佛"。他引普通人向善，向往光明、安宁与和平。这正是世界上许多人皈依佛教，包括西方在内的许多国家愿意出资在蓝毗尼修建佛寺的根本原因。

蓝毗尼园不仅属于尼泊尔，它应该属于全世界。

三、众神的国度

佛祖在世的时候，他是人，不是神。他像中国的孔子一样，四处迁徙，聚徒讲学，到处宣传他的理论和学说。所不同的是，佛祖的徒弟是僧侣，必须持戒出家，不像孔子的学生，是清一色的读书人。当佛、法、僧三宝具备时，佛教也就诞生了。因为只有到了这一步，才满足了宗教形成的三个基本要素：教主、教义和信徒。

宗教属于神学的范畴，所以佛祖注定要被推上神坛，这是不可避免的事。

印度孔雀王朝的阿育王是这场造神运动的发起人。他在全印度修建了 84000 多座佛舍利塔，大量塑造佛像，广建佛寺，在首都华氏城举行了第三次佛教大结集，并派出 9 个僧团外出弘扬佛法，通过南传和北传两条渠道使佛教南传入锡兰（今斯里兰卡）和东南亚各国，由北传入中国，再经中国传入朝鲜、日本。

尼泊尔作为佛祖的诞生地，与北印度毗连，佛教之甚，在阿育王之后甚至超过印度。我们看到，尼泊尔历代修建的佛像、佛塔、佛寺遍布城乡，与王宫毗连，与居民社区融为一体。王宫与寺庙关系密切，反映出王权与神权的完美结合；民居与寺庙杂处，则体现了宗教如水流般融入了普通民众的生活。

斯旺那布寺是建于 2000 多年前的名刹，位于加德满都的一座小山头上，比该寺更著名的是立于山顶的斯旺那布塔。寺和塔是一对孪生建筑，寺是供僧侣居住修行的场所，塔是僧侣过世后安葬骨灰和舍利的地方。最初佛祖在世时居住的地方叫精舍，亦称伽蓝。精舍是一个中国化的称谓，初指儒家讲学之地，后指僧侣修行住所。伽蓝，又译僧伽蓝，是梵语僧伽蓝摩的简称。这就是佛教寺院的滥觞。到了后来，一座完整的寺院建筑必须具备七个组成部分，称为七堂伽蓝，即包括佛殿、佛塔、经堂、藏经楼、僧舍、斋堂、钟楼。随着佛教的北传、南传和藏传，各地的寺、塔建筑亦显示出不同的风格。尼泊尔的佛塔有一个显著的特点，即在佛塔的箱形方体上无一例外地画有一双佛眼。佛祖在菩提树下默思冥想的时候，首先想到的是人的生与死，这是一个永恒的话题，亦是一切宗教产生之源。佛祖由生死的不可抗拒，萌生了对一切众生的大悲心，得到天眼净，看到了生死轮回，因而创建了"十二因缘"等佛教理念。尼泊尔人在佛塔上画佛眼，实际是在宣扬佛教五眼的理论：肉眼指普通人的眼，只能看到宇宙的某部分；人通过修习禅定产生天眼，视野变得更广阔；如果能做到把一切都看空，便成了慧眼，慧眼是罗汉眼；得了慧眼后，不滞留在"空"的境界里，把幻象看成是真实的，就是法眼，法眼是菩萨眼；最后如果达到没有时空观念，没有绝对和相对的观念，甚至没有"空"的观念，就是佛眼。尼泊尔的佛塔，为众生指示着修道成佛之路。

在尼泊尔随处可见众多的喇嘛和喇嘛庙。博达哈大佛塔是藏传佛教的圣地，是联合国教科文组织认定的世界文化遗产。这座塔被列为当今世界上最大的佛塔之一，塔上也照例画着佛眼。过去一般认为藏传佛教传入西藏的途径主要从印度阿萨姆邦经缅甸、云南这条路，而忽视了经尼泊尔，翻越喜马拉雅山这条捷径。喜马拉雅山固然是世界上海拔最高的山脉，被称为世界屋脊，徒步翻越无疑是十分困难的，但是也有一些低矮的地方，古往今来不乏僧侣商贾穿行其间。这次亲履尼泊尔，才发觉这里原是藏传佛教重要的中转站。

除了佛教外，印度教在尼泊尔也有举足轻重的地位。早期的印度教称为婆罗门教，它的出现比佛教早 900—1000 年。它崇拜的神是梵天、毗湿奴和湿婆。它的经典教义是四部《吠陀》，即《梨

尼泊尔的佛塔

俱吠陀》《娑摩吠陀》《耶柔吠陀》《阿闼婆吠陀》，包括了雅利安人创造的全部古代文化知识。约公元前2000—前1200年被称为吠陀时代。到了公元前1200—前800年，被称为婆罗门时代，因为这段时期婆罗门教士的地位提高，成为专职祭司和神人之间的联系人。公元前6—5世纪，因佛教的广泛传播，婆罗门教渐趋衰落。公元8—9世纪，婆罗门教改称印度教。印度教和婆罗门教没有本质区别，不同的是印度教比婆罗门教更为大量地吸收佛教的一些教义，如相信生死轮回等。当今世界上印度教最集中的地方是印度、尼泊尔和印尼巴厘岛。

巴德岗杜巴广场汇集了尼泊尔印度教文化的精髓。15世纪以后，杜巴广场成为巴德岗城市的中心，这里有马拉王朝长达500

婆罗门教神庙

年历史的王宫，有印度教古老的神殿和神塔。印度教的宗教建筑风格与佛教大相径庭，通常建在石砌的高台上，屋顶有三层或五层，俗称三层塔或五层塔，寺和塔往往合二为一。无论寺塔或民宅都特别重视门窗的镂刻和雕花，门楣上有各种神像，门框窗框有精致的花纹，其形状与柬埔寨吴哥毫无二致，只不过吴哥是石雕，此地是木雕。导游指着王宫的窗户告诉我们，王宫有55个窗户，这是不可越逾的等级。一般百姓的住宅，因其社会地位的高低可以拥有不同数目的窗户。

巴德岗木工的手艺是闻名遐迩的。他们的先人以其高超的技艺建造了无与伦比的王宫、神庙、神塔和栩栩如生的神像。他们的后人现今仍然靠祖传的手艺维持生计。他们出售各式各样的木雕神像和旅游工艺品，吸引着来自世界各地的游客。数不清的摊档上挂着数不清的神像，把杜巴广场装扮成众神的国度。

四、参谒"活女神"

所谓"活女神"，就是用活人装扮的女神，尼泊尔语称作库玛丽，意即处女神。据印度教的经典说，该女神是智慧女神难近母的化身，代表力量，是国王的庇护神。尼泊尔的历代国王，每逢女神节，都要虔诚地接受女神的祝福，请女神给国王点红，否则就会遇到灾难。

元人周达观的《真腊风土记》记载说："其内中金塔，国主夜则卧其下，土人皆谓塔之中有九头蛇精，乃一国之土地主也。

系女身，每夜则见，国主则先与之同寝交媾，虽其妻亦不敢入。二鼓乃出，方可与妻妾同睡。若此精一夜不见，则番王死期至矣。若番王一夜不往，则必获灾祸。"

尼泊尔的"活女神"信仰，当与真腊国九头蛇精的传说有一定的历史渊源。夏鼐先生为《真腊风土记》作注的时候说，吴哥的那伽蛇为七头，周达观误记为九头。笔者到吴哥考察时也看到，那里的那伽蛇确实为七头，有的为五头。这次到尼泊尔才发现，国王宝座上的那伽蛇果真有九个头，证明周达观所记不诬。

尼泊尔挑选"活女神"的工作由皇家祭司进行，并且有严格的规定。其对象是选择三到五岁的女孩，必须与佛祖一样同是释迦族，世代居住在加德满都的圣河巴格玛蒂河及威斯奴蒂河岸边，家世清白，没有污点，具备32种美德，所属星座与国王一致。没有生过病，没有流过血，不惧怕黑暗。被挑选出来的女孩在最终选定的前一天晚上，要被单独关在一间黑屋子里，与被杀来祭祀的羊头和牛头共处一室，如果她不畏惧，方能中选。被选中的"活女神"便担负起这一角色所承担的各种任务，直到进入青春期第一次月经来时，便改由其他被选中的女孩担任。

拜谒"活女神"似乎成了外国游客的必选节目。导游告诉我们，以前"活女神"由皇室赡养，现在皇室退位了，所以游客捐款成了她生活费的来源。我们随着导游进入王宫对面的一座小庙，其结构类似一个四合院。院中摆着一个捐款箱，我们投入10美元。过了一会儿，雕花窗口露出了一位身着红衣的女孩，脸上擦了胭脂，眉心点了一颗朱红色的吉祥痣。她表情木然，不苟言笑，因为当地人认为她的每一种表情都会给朝拜者带来祸福。因规定不许拍照，所以我们无法拍照。

五、 走出历史长河

在尼泊尔，我们处处感受到这里的人民至今还生活在历史的长河中，生活在人神和谐相处的世界中。街道中常可以看见神龛和神像，还有许多卖鲜花的摊档，这些鲜花主要是用来供养神灵。这也是古代流传下来的一种风俗。古书上有信奉婆罗门教的国家"早市但贸鲜花"的记载。

在尼泊尔城乡的大路上，可以遇到许多流浪牛，它们无所事事，到处闲荡，在垃圾堆里找食。尼泊尔人何以对牛这样宽容？是因为牛是湿婆的坐骑，被视为神灵，尊敬有加。另外，猴子也是猴王阿奴曼的后裔，不能得罪，听其随心所欲。

普通群众的生活是十分简朴的，不分男女，都喜欢围一袭羊毛披肩。因为这里的气候早晚温差很大，早晨冷的时候，用披肩将脸和脖子都围得严严实实，还用余下的部分裹住上身。中午炎热，敞开披肩，既方便又实用。由是之故，羊毛披肩也成了中国游客争购的旅游商品。店主们皆会说一点中文，他们一边说着，一边用计算器跟你讨价还价。

尼泊尔没有什么工业，也没有现代工业造成的污染。见得最多的是烧砖厂，因为要建房子，对砖的需求量很大。私家车少见，街上跑的大多数是印度造的货车。街道凌乱，道路狭窄，历史仿佛被凝固在 20 世纪。

2008 年，尼泊尔废除君主制，贾南德拉国王被迫退位，尼泊尔成为联邦民主共和国。

2015 年 10 月 28 日，尼泊尔第一大党、尼泊尔共产党（联合马列）副主席比迪娅·班达里在尼泊尔议会选举中，以多数票当选该国新一任总统，比迪娅·班达里也因此成为该国首位女总统。

目前，尼泊尔人民正在新政府的领导下，走出历史的长河，创造自己的新生活。

2017 年 1 月

老挝掠影

2012 年 3 月赴老挝考察，历时一周，走马观花，浮光掠影，唯佛寺、斋僧、斗鸡三事印象颇深。

一、佛寺

老挝是一个佛教国家，南传佛教盛行。老挝的佛教始于法昂王统治时期（1353—1371），其时称为南掌国。南掌源于泰语、老挝语 Lang Chang，意即"百万大象"，有时也汉译为澜沧。所谓澜沧国、澜沧江，以及中国古籍所说的滇越乘象国，都与"百万大象"有关。

公元 13—14 世纪，正是南传佛教在东南亚风行之时。《新元史》"八百媳妇"条记载泰国北部地区信仰佛教的情况时说："好佛恶杀，每村立一寺，每寺建塔，约以万计。"整个老挝，亦是如此。时至今日，我们来到老挝南塔、会晒，举目所见，仍与七八百年前的景象相似。每村起码立一寺，有的多达二三寺，寺庙皆是村里最漂亮的建筑，坐落在最佳位置上。寺庙是村民重要的社交活动场所，婚丧嫁娶、红白喜事，都在这里举行。寺庙还兼备教育的职责，很多小学校利用寺院当校址，僧侣是老师，不但教小沙弥，还教小学生。

老挝的寺庙建筑，一如泰、缅等东南亚国家，颇具特色。人字形的大屋顶，呈 75 度以上的倾斜，显得高挑挺拔，通灵俊俏。有的屋顶分为多层，仿佛几个人字堆砌起来，严肃庄重，富于变幻。檐牙高啄，翼角飞翘，色彩斑斓，金碧辉煌，特别是在绿树红花的映衬下，更是美轮美奂。与其说老挝的佛寺是佛教的载体，倒不如说是带有浓郁民族特色的精美建筑艺术品，是民族文化的结晶。

我们来到老挝古都琅勃拉邦，这座面积仅 10 万平方公里的小城，竟分布了 50 多座庙宇，其中不乏历史名刹。他木攀寺建于 1395 年，是现存建筑时间最早的佛寺。香通寺是皇家佛寺，建于 1560 年。直到 1975 年老挝人民民主共和国成立，君主统治被废除为止，香通寺一直都由皇室照料。现在对外开放，但要收门票，每人 1 万基普，约合 8 元人民币。此外，维苏那拉特寺也有悠久的历史，初建于 1513 年，1898 年重建，现今保存完好。

到老挝旅游，首先就要参观佛寺。透过佛寺，你可以看历史，看文化，看艺术，看宗教，看政治，看民众的生活和社会变迁。

老挝的佛寺

佛寺的主要用途有三：供奉佛像，讲经授法，僧侣居住。这正好跟佛教的佛、法、僧三宝紧密地结合在一起。我们知道，佛陀在菩提树下悟道，还不能说佛教已经形成，佛、法、僧三宝的出现，才是佛教正式形成的标志。佛指佛陀，法指三藏佛法，僧指出家的修行人。佛陀在鹿野苑为憍陈如等五位修行者讲授佛法，开启了佛教的滥觞。而佛寺正是把佛、法、僧容纳在一起的建筑物，它和佛教同时出现，并随佛教的发展而发展。寺庙的兴衰，反映着佛教的兴衰。

中国北魏时期有一个名叫杨衒之的人，写了一本书叫《洛阳伽蓝记》，书中记载当时洛阳城共有佛寺1367座，"金刹与灵台比高，广殿共阿房等壮"，足见北魏时期佛教在洛阳古都的盛况。

我们虽然没有历史文献可以证明老挝古都琅勃拉邦在 14—15 世纪所建佛寺的具体数字，但从现存的 50 多座佛寺推断，消失的佛寺当是现存佛寺的数倍。

如果能够统计一下老挝历代花在建筑寺庙方面的费用，这恐怕是一个庞大的数字。素来经济并不宽裕的老挝民众，为何舍得捐巨额的款项来建寺庙？单从他们对佛教信仰的虔诚，对善事的热心等方面来解释，恐怕是不够的，我想，还要从佛经的教义中找答案。《上品大戒经》曰："施佛塔庙，得千倍报；布施沙门，得百倍报。"原来捐款建庙，可以得到千倍的福报，它比做任何善事的回报都来得多、来得快。本来，一般民众对待佛教的态度，也是把它当成对来世的储蓄或投资，今世行善，来世收益。储蓄越多，投资越大，回报越丰。在这种精神动力的支持下，何愁佛寺不如雨后春笋般破土而出呢？

二、斋僧

在琅勃拉邦，清晨 6 时起床，到街上看斋僧，是在别的地方难以见到的景观。

晨曦熹微，鸟儿还没离窝，庙中的和尚却已全体出动。他们三五成群，黄布裹身，赤脚托钵，沿街化缘。而成百上千的信众和游客，早已等候在路旁，准备好糯米饭团、菜肴、水果、鲜花和其他日常生活用品，依次分发给排队而来的僧人。

所谓斋僧，就是设斋食供养众僧。最初是为了表示对佛教的皈依，后来融入行善、报恩的目的。按照佛教的说法，行善可以延寿，斋僧可以造福。时常斋僧，是一种很大的功德。《佛说布施经》云："若以上妙饮食供养三宝，得五种利益：身相端严，气力增盛，寿命延长，快乐安稳，成就辩才。"六度波罗蜜以布施为首，就是说，若想修道成佛，必须做到六点：布施、持戒、忍辱、精进、禅定、般若。在这六点之中，布施排在首位。那么，什么叫布施呢？布施来自梵语檀那，以己财事分给他人，称为布；惬己惠人，称为施。布施又分为三种：财施，法施，无畏施。把财物分给别人叫财施，令人悟道叫法施，像观音菩萨那样施法力救众生叫无畏施。布施的施主不一定非得是有钱人，没有钱也可以布施，所谓和颜施、言施、心施、眼施、身施、座施、察施等，都是不用花钱的布施。这样就把布施做善的范围扩大了。当然，在所有的布施中，斋僧是仅次于建庙的一种布施。

僧人无疑是斋僧行为的受体。僧侣是皈依佛教的出家人，属于佛教教团内部的成员，称为内部五众，包括僧、尼、沙弥、沙弥尼和式叉摩那。他们必须剃发，出家，着僧衣，托钵，遵守戒律。在家的信徒称为在家二众，男的叫优婆塞，女的叫优婆夷。

根据统计资料，琅勃拉邦约有十分之一人口出家当和尚。这是一个不小的数字。按照东南亚佛教国家的传统习惯，每个男子一生当中必须出家当一次和尚，少则几月，多则几年，像服兵役一样，算是报答父母的养育之恩。我在参观一座寺庙时，遇见一个小沙弥，他坐在山头上，既未打坐，也没默思，两眼发呆。我跟他聊天，问他为什么没去学校读书。他回答，家里穷，所以选择吃千家饭，穿百衲衣。

在琅勃拉邦这样一个僧侣占全部人口十分之一的小世界里，社会生产无法发展，经济停留在自给自足的农耕经济阶段。日出而作，日落而息，小桥流水，晓风残月。缓慢的生活节奏，悠闲的自然风光，反而成了吸引外来游客的最佳亮点，于是来自世界各地的游客蜂拥而至，才出现了每天早晨万人争睹斋僧的热闹场面。

三、斗鸡

东南亚国家自古流行斗鸡。早在公元 1 世纪扶南国时期，就有斗鸡的记载。《新唐书》的《扶南传》说："扶南人喜斗鸡及猪。"《初学记》卷三十引《吴时外国传》说："扶南王范寻，以铁为斗鸡假距，与诸将赌戏。"这位名叫范寻的国王，居然为斗鸡装上当时并不多见的铁爪，与诸将斗鸡赌博。更有甚者，到了公元 7 世纪的三佛齐时期，斗鸡成了国家税收的一个来源。一位到那里做生意的阿拉伯商人描述说："税收的另一来源是斗鸡，每天大约得黄金 50 盎司，斗赢的鸡有一只腿是属于国王的，鸡的主人必须献上黄金才能把鸡赎回。"斗鸡的风俗经千年不衰，至今我们在老挝仍随处可见饲养斗鸡的专业户和以赌斗鸡为业的人。靠斗鸡致富者，不乏其人。

有一天，我们的汽车行驶在老挝南塔省，因为要上厕所临时停车。在公路旁一间简陋的板棚屋里，住着一位中年老挝汉子。屋里没有几件家具，几乎家徒四壁。天气很热，他赤裸着上身正替他饲养的斗鸡淋浴。他舀起一勺水，淋在斗鸡身上，再用毛巾为其擦拭羽毛。他动作小心翼翼，眼光充满怜爱，仿佛在为他家的婴儿洗澡。斗鸡比一般的鸡精瘦，长颈高脚，羽毛稀疏，即使被人侍候着，也露出一副桀骜不驯的神态。

我问他这只斗鸡值多少钱。他答道，起码值 200 万基普，折合 1600 元人民币。

斗鸡就是他的全部家当。难怪每遇突发的自然灾害，如洪灾、地震，老挝人都忙着抢救自家的斗鸡。

遗憾的是，我们在老挝，没能亲眼看见斗鸡的盛况。斗鸡一般都在赶集的时候或节假日举行，各人带着自家的鸡参赛。围观者根据自己的经验为不同的鸡下赌注。定期还会举行冠军赛，巨额的奖金，可以使荣获冠军的人如同中彩票一样，一夜暴富。

老挝文化丰富多彩，置身于此，才能真正理解老挝。

2012 年 5—6 月

走马"满剌加"——郑和仍在马六甲

马六甲是马来西亚的一座古城,位于马来西亚半岛南端,濒临马六甲海峡,地处中西海路交通要冲。很早以前就有华人来到这里,跟当地土著居民一起,栉风沐雨,拓荒垦殖,把它建成现代的海港都市。

2000年7月9日,马来西亚南方学院张瑞发院长陪我到马六甲参观。虽是走马观花,但举目所见,皆与华人史事有关,特别是郑和留下的遗迹及影响,数百年来为当地人们津津乐道,仿佛郑和仍活在马六甲一般。

郑和遗址

马六甲在中国古籍里称为满剌加国,大约于15世纪立国。这个国家的建立,与明朝郑和的七下西

马六甲

洋有着直接的关系。

在满剌加立国之前，这里是未经开发的蛮荒之地。"此处旧不称国，因海有五屿，遂有五屿之名耳。无国王，止有头目掌管。此地属暹罗所辖，岁输金四十两，否则差人征伐。"（马欢《瀛涯胜览》）据说满剌加的开国之君名叫拜里迷苏剌，原是苏门答腊岛上三佛齐国的一位王子，因受到满者伯夷的进攻，由渤淋邦（今巴邻旁）逃往单马锡（今新加坡），再转到马六甲。马六甲在马来西亚语里是一种树的名称。

满剌加立国之后，面临着北边的暹罗和南边的满者伯夷两大强国的威胁，必须获得中国政府的外交承认和支持，方能在两大国夹缝之间生存。恰好永乐元年（1403 年）明成祖遣中官尹庆诏谕满剌加来朝，拜里迷苏剌抓住这个机会，遣使随尹庆到中国，表示愿为中国藩属，岁效职贡。

1405—1433 年，郑和率领庞大的船队七下西洋，顺道访问满剌加国。特别是在 1409 年，郑和第三次下西洋的时候，专门为拜里迷苏剌举行了封王仪式。随同郑和下西洋的马欢在其著作《瀛涯胜览》里记载道："永乐七年己丑，上命正使太监郑和等赍诏敕赐头目双台银印、冠带袍服，建碑封城，遂名满剌加国。"

郑和还协助调解满剌加与暹罗之间的纷争，"是后暹罗莫敢相扰"。为了表示对中国的感谢，拜里迷苏剌国王于 1411 年亲自携妻子陪臣到中国访问，受到明朝政府的隆重接待，回国的时候，还获赠了大量的礼物："赐王金镶玉带一，仪仗一副，鞍马二匹，黄金百两，白银五百两，钞四十万贯，铜钱二千六百贯，锦绮纱罗三百匹，绢千匹，浑金文绮二，金织通袖膝襕二。"（《明太宗实录》）

郑和作为中国和满剌加国之间友好关系的缔造者和见证人，受到满剌加人民的爱戴和尊敬。特别是郑和本人信奉伊斯兰教，跟满剌加人的宗教信仰相同，这不但使郑和容易和当地人接触、亲近，也间接地促成了郑和船队所到过的伊斯兰国家，如爪哇、阿拉伯等，跟满剌加的友好往来，提高了满剌加在国际转口贸易中的商港地位。

由于这样的缘故，如今马六甲保留了许多有关郑和的遗址，均成为著名的旅游胜地。

三宝山在城北郊。我们驾车去的时候，老远就看到半山腰上有三个巨型的中文大字——三宝山，顿时使人感到气势不凡。传说当年郑和驻满剌加时，曾在山上屯兵。从军事的角度分析，此地靠海面城，居高临下，扼守交通要冲，郑和选择此地屯兵，当是可信的。现今，马六甲市向外扩张，政府拟将这一带开发为商业闹市，但遭到华人的强烈反对，因为是涉及郑和的历史遗址，作为旅游景点的价值更大。最后政府采纳了华人的意见。

三宝庙在三宝山麓，是一院一殿的中式建筑，砖木结构，山门上有一横匾，上书"宝山亭"。跨进门槛，是一宽敞的天井，正面是大殿，但两侧没有厢房，格局颇似中国的四合院。神龛中

三宝井遗址

供奉着福德神，这是中国福建地区民众普遍信奉的一尊神祇。其匾额对联，最古老的已有近百年的历史。

三宝井在三宝庙右侧，井口直径约有 2 米，井沿用铁矾土砌成。所谓铁矾土，是一种含铁高的黏土，在地下时含有水分，柔软可塑，晒干后异常坚硬，古代泰国、柬埔寨常用作寺庙、宫墙的建筑材料。马来西亚不多见，唯马六甲地区有这种铁矾土。当地华人说，这口井是三宝公郑和挖的淡水井，故名三宝井。但马来文和英文的介绍却说，此井跟马六甲苏丹的某位妃子有关。不知孰是孰非。

此外，在马六甲河口有一升旗山，据说就是当年明成祖应满剌加国王请求"请封其山为一国之镇"的地方。囿于时间，我不能前往一睹。

青云亭

马六甲的历史从 15 世纪满剌加国建立之后，维持了一个多世纪，至 1511 年沦为葡萄牙的殖民地。葡萄牙统治马六甲长达 130 年，又被荷兰取代。1824 年英荷签订了《伦敦协定》，荷兰将马六甲转让给英国。1926 年，英国把马六甲、槟榔屿与新加坡合并为海峡殖民地。直到 1957 年马六甲才结束英国的殖民统治，重新获得民族独立。

早在满剌加国立国前后，就有华人在马六甲地区居住。在葡萄牙和荷兰统治期间，出现了华人社区，社区的领袖被任命为甲必丹，即 Captain，统管华人事宜。Captain 原是英语"船长"的意思。早期西方殖民者多是乘船而来，船上以船长为大，故后来将殖民地的华人首领称作甲必丹。从 17 世纪初至 19 世纪初，马六甲的华人甲必丹一共延续了 13 任。直至 1824 年马六甲被英国占领后，才终止甲必丹制度，由青云亭亭主充任华人的领袖。正如《呷国青云亭条规簿》序言所说："迨旗号既更，政归大英，则革旧律而鼎新法，乃尽去各色人甲必丹……凡排难解纷，宁人息事，将谁为之主宰耶？于是我先辈诸公，立长为主之，咸为尊称，号曰亭主。"

所谓青云亭，原是马六甲的一座中式寺庙，创建于 1673 年，为新马地区历史最久远的古庙，供奉主神观音大士。根据庙存碑文资料显示，青云亭乃马六甲第一任华人甲必丹郑芳扬和第二任甲必丹李为经所倡建。之所以建青云亭，是取其"平步青云"之意。嘉庆六年（1801 年）《重修青云亭碑记》说："吾想夫通货积财，应自始有而臻富，有莫大之崇高，有凌霄直上之势，如青云之得路焉。获利固无慊于得名也。故额斯亭曰青云亭。"

青云亭自创建之日便兼具两种职能：一是华人民众拜祀观音菩萨之所，一是华人甲必丹处理公务的办公室。即使后来甲必丹制度由亭主制度取代，青云亭仍兼具这两种职能。青云亭一共经历了 6 位亭主，始终保持马六甲华人社会最高组织机构的地位。

由于青云亭在马六甲地区华人史的研究中有极为重要的地位，所以许多学者把它作为研究的专题。我曾拜读过郑良树、林孝胜、庄钦永等诸位先生的文章，对青云亭心仪已久。先前去到宝山麓的宝山亭时，差点把它误认为青云亭，及至读了挂在墙上的小木牌的说明后，方知宝山亭是青云亭辖下的一处庙产。此外，青云亭还有许多地产和不动产，这是华人社会的公产。

真正的青云亭坐落在城中的甲板街，外观呈中国南方常见的小神庙式样。屋顶为重檐庑殿式，屋脊上堆满彩陶塑的历史人物和花卉图案，庙门蹲踞一对石狮，门旁有一副对联曰：莲开六甲沐雨露，竹绕青云报平安。因庙内正在大修，我们只是在外面拍了张照片。

青云亭使我想到了泰国曼谷的大峰祖师庙。这两座小庙，不仅外观相似，在华人社会中起的历史作用也大致一样。大峰祖师庙肇始于1897年，比青云亭晚了200多年。但后来大峰祖师庙发展为华侨报德善堂，成为泰国最大的慈善机构，拥有一座现代化的华侨医院，还创办了一个华侨崇圣大学。华侨报德善堂一直是泰华社会的一个重要机构，其董事长郑午楼博士，理所当然地成为泰华社会的第一号领袖人物。

新、马、泰的华人华侨史，都有相同的发展规律。

峇峇街

马六甲的华人分为两类：海峡出生的华人和中国出生的移民。在海峡出生的华人中，有相当一部分混有马来西亚人的血统，被称为峇峇。

峇峇与一般华人有明显的区别。表现在宗教信仰方面，他们多为基督教徒或伊斯兰教徒，不像一般华人主要信仰佛教或道教。在文化背景方面，他们接受的是马来文化和英文教育，比较多地继承了马来西亚的文化传统，受西方的文化影响也比较深，而一般华人主要是接受中华文化的教育。在政治方面，峇峇热衷于当地的政治和社会公益事业，在英国殖民统治时期靠拢英国殖民政府，所以有些家室殷富的峇峇，被提携为华人社会的上层人物。一般华人对当地政治不感兴趣，富于乡土观念，对故国存有较深的感情。他们往往依靠神庙、宗祠、同乡会、同业会来维持社会联系和保持自身的利益。

　　张瑞发院长驾车带我去看被称为峇峇街的峇峇聚居商业区。

　　我们从葡萄牙殖民统治时期建的圣地亚哥城堡出发，刚刚领略了16—17世纪的欧洲古典建筑，一下便仿佛进入中国明清时期的南方小镇，反差之强烈，让我十分震惊。这种木门木窗的房屋，临街而建的简易店铺，我敢说在中国本土也不多见。街边排水的阴沟，照例没有盖板，示意着年代的久远。家家门前都点一盏天灯，说明此地还保存着中国的古风。只有一些洋文招牌，透露出一些现代气息。

　　峇峇街的商店，各色物品皆有出售，最多的是中国古玩店。我走进一家出售中国仿古陶瓷的古玩店，老板娘马上过来跟我攀谈。她是一位峇峇，或者说是一位娘惹，身着纱笼，一副马来西亚人的打扮，却能说普通话。我问她生意经营情况，她回答说还不错。我征得她的同意，在她店里拍了一张照片。

最有趣的是一家名为"林三龙"的鞋店，专门出售娘惹珠子鞋，即各种质地款式的女拖鞋。有的用塑料编制花饰，有的是软绸绣花，有的是高跟，有的是平底。马六甲的女人们，无论是在公众场合还是在家里，都是穿拖鞋，水陆两用，晴雨皆宜。"林三龙"是一家老字号的鞋店，里面坐满了顾客。挑剔的顾客还可以根据自己的需要定制各式拖鞋。我看到柜台里陈列着中国古代裹脚妇女穿的三寸金莲鞋，做工十分精致，大概是店家祖上传下来的手艺。现在已经没有人能穿这种鞋了，它们变成了旅游工艺品，供游客购买珍藏。

2001 年 5 月

塔城蒲甘

  缅甸的蒲甘是一座举世闻名的塔城。在蒲甘方圆 24 平方公里的土地上，曾建造 5000 多座佛塔，经过漫长历史岁月的侵蚀和地震、风雨等自然力的破坏，迄今尚存 2217 座。每一座佛塔，都包含着一段历史故事；每一座佛塔，都代表着那个时代的辉煌与成就。因此，凡是到缅甸旅游的人，都不可以不去塔城蒲甘。

  我是从曼德勒乘飞机去蒲甘的。一下飞机，蒲甘给我的第一个印象就是天矮地高。灰蓝色的天空，像一袭低矮的帐篷，笼罩着蒲甘大地；一马平川的原野上，既没有庄稼，又很少树木，唯有数以千计的佛塔，如春笋般涌出，"刺破青天锷未残"。

  我心里产生疑问：为什么要建那么多的塔？

  塔，梵文名叫窣堵波，是佛教僧侣的坟墓或作为佛教象征的纪念性建筑物。关于塔的起源，学者们虽有各种说法，但有一点可以肯定，塔是与佛教共生共存的，塔随着佛教的传播而流传至世界各国。

中文的塔，是梵文窣堵波的略译。东汉明帝时，塔伴随佛教，经丝绸之路传入中国，并逐渐与中式楼台建筑相融合，创造出多层密檐式佛塔。这种佛塔，经朝鲜半岛，再传入日本。

斯里兰卡称塔为大瓜巴，即古锡兰语的 Dagaba，亦从巴利语 Thūpa 而来。斯里兰卡的佛塔，形成了自己的独特风格，状如覆钟（亦称覆钵），并影响到整个东南亚地区。

泰国的佛教是通过锡兰传入的。泰语称塔为斋滴。早期的泰语常把斋滴和坟墓这两个词连在一起用，因为泰国历代国王的骨灰都是藏在塔内。泰国的塔受锡兰覆钟式塔的影响，又衍生出许多不同的样式，根据不同的历史时期分为三佛齐式塔、堕罗钵底式塔、吉蔑式塔、素可泰式塔、兰那泰式塔、阿瑜陀耶式塔和当今的曼谷王朝式塔。

缅甸称塔为巴哥达，即 Pagoda，系从梵文和古波斯语的 Buekadah 一词而来，该词是偶像、神像的意思，所以缅甸的塔还有供奉佛像的用途。塔即是寺，空心的塔形成洞穴式的寺。

缅甸有句俗语说："多得像蒲甘的塔一样数不清。"说明在缅甸人的概念中，最大的数字便是蒲甘的塔。为什么筑那么多的塔？这个问题大概谁也无法回答，我只好去问历史，于是查阅了缅甸最有名的历史著作《琉璃宫史》。

原来从 1044 年起，蒲甘就作为缅甸的首都长达两个半世纪。

在蒲甘王朝的创始人阿奴律陀登上王位以前，缅甸尚不是一个统一的国家，而是由骠人、孟人、掸人、缅人等部落首领划地而治。阿奴律陀王以蒲甘为中心，实现了缅甸历史上的第一次大统一，打通了经由下缅甸的出海通道，促进了社会经济的发展，也对蒲甘的佛教文化产生了重大的影响。

到了江喜陀王在位时期（1084—1112），当权者更是大力提倡佛教。现存的孟文碑铭证实，江喜陀王被称为"佛王""法王""王中之王"。在他统治的28年中，曾大兴土木，广建佛塔。以后的历代帝王也竞相仿效，他们把建塔作为自己广积功德的善举，是对来世继续安享富贵生活的一种投资。

蒲甘的佛塔，既代表蒲甘王朝的繁荣鼎盛，亦是导致蒲甘王朝覆灭的直接原因。在蒲甘王朝存在的243年中，共修了5000余

蒲甘的佛塔

座佛塔，平均每年修塔 20 多座。而且，有的规模较大的塔，一修就是几十年。巨额的开支使国库空虚，塔与稻争地，造成田园荒芜，寺院经济膨胀，农民流离失所。在内外矛盾的交困之中，忽必烈汗兵临蒲甘，蒲甘王朝内讧，末代国王被其子杀死。

以史为镜，可以知兴亡。殊不知在缅甸蒲甘，以塔为镜，亦可以知兴亡。

可惜我在蒲甘的停留只有半天的时间，不可能遍观全貌，只是租了一辆马车，去看了几处重要的景点。

他冰喻寺塔是蒲甘塔林中最高的一座，高 61 米，建成于 1144 年。沿着坍塌的墙垣攀缘而上，才登到塔基平台，整个蒲甘平原便尽收眼底。这是在其他任何一处地方所无法看到的景观：千百座大小不等的佛塔，像沙盘模型似的散开，奇傲突兀，争奇斗艳。这是塔的文化，塔的世界，仿佛普天之下，别无他物，唯有悠悠古塔存在天地之间。

阿难陀寺塔是江喜陀王时期的杰作，达到了蒲甘早期寺塔登峰造极的成就。主塔高 50 余米，外表洁白，气势恢宏。辐辏状排列的僧舍，占地百亩。远隔数里，便可一睹其风采。

古雅克依寺塔是 1113 年耶婆鸠摩因为其父王江喜陀逝世而建的。塔的外部饰以精美的泥雕，内壁绘了许多精美的壁画，简直就是一座艺术的殿堂，叫人流连忘返。

敏嘎拉斋塔是由蒲甘王朝末代君王那罗梯诃波蒂建成的最后一座大塔。这个刚愎自用的国王曾夸海口说自己是"三千六百万大军的最高统帅，拥有三千名妻妾，每天三百盘咖喱饭的吞噬者"。我想，他当时是否有三千六百万大军，已无史考，他拥有三千名妻妾，或许有这种可能。因为根据《新元史》的记载，在现今泰国的清迈，就存在一个八百媳妇国，"世传其长，有妻八百，各领一寨，故名"。至于他日食三百盘咖喱饭，则无论如何是不可能的，因为我在仰光已经亲口尝试了一次咖喱饭，盛在芭蕉叶上，用右手抓食。一般人食一盘足矣，食两盘是大胃，食三百盘是梦呓。而这个喜欢说梦话的末代君王还有一件逸事传下来：当忽必烈汗的使者觐见他的时候，他却以使者不肯脱鞋为借口，杀了元使，致使后来蒙古铁骑远征蒲甘。

说到这里，我暗自庆幸自己有入乡随俗之明。在仰光、曼德勒和蒲甘，我都是跟当地人一样提着鞋子游览佛寺，所以不曾有脑袋搬家之虞。

蒲甘的每个旅游景点，照例都有民间工艺品出售。有木雕、漆器、珠宝、陶瓷、绘画、刺绣……遥想古代，蒲甘王朝每征服一个地方，都要把那里的工匠掳掠到蒲甘来。现在经营各种工艺品的小贩，说不定就是他们的传人。在马车夫兼导游的带领下，我去参观了一家刺绣挂毯的作坊。三五位姑娘端坐在绣架旁，一针一线，专心刺绣，有的在绣蒲甘塔景，有的在绣神仙菩萨。每件作品，起码得花十天半个月的功夫。我看中了一幅舞娘图，六位缅装打扮的舞娘正翩翩起舞。花 25 美元买下，带回国挂在家中墙上，顿使蓬荜生辉。

傍晚，我准备赶回布巴雅塔看日落。这是蒲甘欣赏日落的最佳景点，坐落在伊洛瓦底江畔，离我住的旅店不远。我走在回程路上的时候，夕阳还挂在塔尖，白色的光芒已不像先前那般耀眼，眯眼一看，塔影幢幢，有海市蜃楼的幻觉。不一会儿工夫，太阳已落到树梢，金色的阳光透过芒果林的叶隙洒了下来，如彩笔绘成的斜线，织成交错的渔网。忽然飘来一朵乌云，将太阳遮住，光线顿时黯然，显示出色彩的变幻。"云间五色满，霞际九光披。"当太阳再度从云彩底下露出脸时，它已经变得满脸羞涩，像涂了胭脂。我赶紧加快步伐，冀望在日落前登上布巴雅塔。可是太阳毕竟走得比我快，它已经半浸入江中，我还来不及看清它的真面目，它便扑通一声落进水，剩下"水纹天上碧，日气海边红"。

　　我干脆放弃攀登布巴雅塔，在江边觅一坐处，即我所住旅店的露天餐厅，向侍者要了一杯啤酒，自饮自酌。这正是暮鸟投林的时刻，成百上千的鸟雀返回树巢，叽叽喳喳，啾鸣不休。我虽不解鸟语，但知道它们是在道述一天的见闻和经历。不知过了多长时间，鸟鸣渐稀，周围陷入沉寂。邻座的几个外国人已回屋休息。侍者过来给我收拾桌上的残羹剩菜，我尚无睡意，独自享受蒲甘的宁静之夜。

　　第二天早晨，我告别蒲甘，登上缅甸航空公司的飞机飞往仰光。从机窗望出去，一马平川的蒲甘大地上寺塔林立，许多人仍在忙于修葺和重建寺塔，这也是该地的一大特色。

1997 年 4 月

越南的铜鼓

越南铜鼓十分有名。《后汉书·马援传》说："（马援）于交趾得骆越铜鼓。"早在公元前 2 世纪初，南越赵佗就在今越南北部设置了交趾郡，公元前 111 年归汉。至于骆越，则属于百越民族之一种，指居住在广西和越南一带的少数民族。由《后汉书》的这条记载我们可以知道，早在公元 1 世纪，汉朝名将马援就在河内亲眼见到当地人制作的铜鼓。

我于 2013 年 9 月随儿子到越南旅游，顺便把考察越南铜鼓当作一项内容。我们从广州自驾车，到了中越边境城市河口后，把汽车留在河口，然后办签证进入越南边城老街，由老街雇出租车前往旅游胜地沙巴。这是一个瑶族聚居的山寨，依然保持原始的自然生态，来自世界各地的游客聚集于此。之后，我们又从老街乘火车，在卧铺车厢睡了一夜，第二天早晨抵达河内。

到河内的第一件事，我就惦着去参观博物馆。宾馆的服务员告诉我，博物馆离此不远，只隔着几个街区，我便独自步行前往。看过博物馆后，我十分沮丧，展示的全是越南近现代革命史，了无新意。回宾馆后，我禁不住抱怨起来。儿子在一旁听见，掏出他的手机倒腾了一会儿，说，还有另外一个博物馆，展出东山文化和铜鼓，并在手机上查到详细地址，答应带我前往。利用手机导航，我们轻松地找到了这座博物馆。

跨进展厅，我兴奋不已，大大小小10多面铜鼓摆放在这里。我不停地按下相机快门，将每面铜鼓都拍下来。但由于玻璃展柜反光，照片的效果不佳。正当我一筹莫展的时候，发现博物馆书

河内博物馆的铜鼓

店里陈列着一本精致的铜鼓画册，收藏了馆藏铜鼓的彩色照片，并有越文和英文的说明。我大喜过望，尽管价格不菲，我还是毫不犹豫地买下。50 美元，折合越币 100 万盾，要不是直接支付美元，我简直不知道如何清点这 100 万盾的越币。

与越南铜鼓的近距离接触，让我有了一些新发现。关于铜鼓的称谓，中国人视其外观像鼓，又是用青铜制成，故称之为铜鼓；越南和其他许多国家，是用铜鼓敲击时发出的响声来命名，称为 Drum。所有类型的铜鼓在鼓面中央都毫无例外有一个圆形的太阳，向四周发射出光芒。中国学者称为太阳纹，而越南学者则把这个圆形发光体视为星星，称为星光纹，并根据光芒的数目，分为 8 条星光纹、10 条星光纹、12 条星光纹等。太阳代表白天，星星代表黑夜；白天是阳，黑夜是阴。太阳纹和星光纹或许反映出古人观察天象历法的不同视角，即以观察太阳周期运动而形成的太阳历和以月亮周期变化而形成的太阴历。此外，无论是中国云南的冷水冲型铜鼓，还是越南的同化鼓，在鼓面的边缘都开始出现有立体青蛙塑像的造型。我们知道，青蛙跟降雨有关，凡有青蛙出现，都预示天将降雨。古人往往将铜鼓用于乞神降雨的仪式，可见铜鼓上出现青蛙的塑像绝非偶然。同时，青蛙还有旺盛的生殖繁衍能力，它表达了古人对于人丁兴旺的期盼。所以在中国和越南的铜鼓上都有两只青蛙叠在一起的造型，这表示青蛙正在交配。总之，观察和比较中国与东南亚各国的铜鼓，你会发现它的异同，其中隐藏着很深的学问，值得下功夫研究。

铜鼓是一种文化，中国的两广和云南，跟东南亚的越、老、柬、缅、泰等都是产生和使用铜鼓的地区，组成了一个共同的铜鼓文化圈。铜鼓文化是一种宗教文化，这跟中国中原地区的史官文化有很大不同。首先，铜鼓是一种神器，是用于祭祀的，后来才逐渐衍生出其他功用，比如说，作为战鼓、作为乐器、作为贮贝器、作为权力的象征等。铜鼓上没有镌刻文字，而是有许多精美的纹饰和图案，这不仅仅是为了装饰的需要，还蕴藏着丰富的宗教内涵，实际上是他们的宗教符号，生动形象地反映了他们的原始宗教信仰和价值观。而中国殷商时期的青铜器，上面往往镌刻有文字，被称为金文，记述某个人物或历史事件。所以中国文化可以称之为史官文化。史官文化与宗教文化的不同，首先在于史官文化使用文字，用文字记载历史，所以比较客观真实；宗教文化则使用符号，用符号演绎宗教教义，故留有较大的想象空间。因为神的世界就是凭借大胆的想象而创造出来的。他们把对超自然力的崇拜，对不可知事物的了解，把人类的命运，统统都归到神的身上，认为神是万能和无所不在的，生命的价值就是要达到"人神合一"。

目前世界墓葬出土的铜鼓以云南万家坝型铜鼓的年代最为久远，约造于公元前 690 年（正负误差 90 年），相当于春秋中期至战国前期。所以云南是铜鼓的发源地，这已经成为学术界的共识。接下来就要数越南的东山铜鼓最负盛名。东山铜鼓是越南东山文化的代表，因最早发现于清化省东山村而得名。其年代为公元前 3 世纪至公元 1 世纪。将中国铜鼓与越南铜鼓进行比较研究，可以看出铜鼓文化的发生、演变和传承的脉络。这也是我这次考察越南铜鼓的初衷。

从河内博物馆新购的《同化铜鼓画册》中，我发现了一张铜鼓灵祠的照片。铜鼓作为神器和礼器，被用于宗教祭祀，本不奇怪，但为铜鼓建庙，把铜鼓当作被祭祀的对象，这则罕见。我决定去探访这座铜鼓祠。可是，尽管我儿子用尽了浑身本事，从手机下载的地图上还是找不到铜鼓灵祠的地址，只是意外地发现了一家铜鼓餐厅，餐厅的主人收藏了许多铜鼓，摆在餐厅里展出，借此招徕食客。我们决定先去拜访这家铜鼓餐厅。

出租车把我们带到了铜鼓餐厅的门前。这是一座气派的高楼，侧面墙上，直径约 2 米的铜鼓模型赫然在目。虽然还不是营业时间，经我们说明情况，工作人员依旧热情地邀请我们上楼参观。我注意到电梯门上也画着铜鼓的鼓面。走出电梯，但见壁橱、展柜都摆放着大大小小的铜鼓实物数十件，有各种纹饰和造型，收藏颇为可观，足见主人对此情有独钟。我很想当面跟这位主人聊聊，可惜他到胡志明市去了。他的藏品跟他的餐饮一样"秀色可餐"。

铜鼓餐厅让我们看到了越南民间的铜鼓收藏之一斑。类似这样的收藏者，恐怕还大有人在。

下一个目标我们仍然锁定铜鼓灵祠，据说离铜鼓餐厅不是很远。我们想了一个笨办法，乘出租车在附近兜圈子，见到中式寺庙就留神。结果，寺庙确实遇见了几个，但都不是我们要找的。最后，还是出租车司机想起他的一位朋友可能知道，打电话去问，于是我终于有缘目睹铜鼓灵祠之真容。

铜鼓灵祠深藏在一条不起眼的小巷中，巷口有一石牌用中文和越文标示其名称。进去见一石制排楼，计有三座门，门边刻有中文对联：八叶初铜鼓山言历代褒封留玉牒，千载后珠盘海誓一心忠孝奉金章。进门是一小院，院正中是祠。祠系典型中式建筑，雕梁画栋，飞檐鸱张。祠门紧锁，无法进去。只见两幅横匾高悬，上书"会盟天下"，另一匾书"铜鼓灵祠"。据越南方面的文献记录，此祠建于1022年，目的是祭祀一面神灵的铜鼓。越南李朝王子佛玛（1028—1054年在位，为李太宗）在这面铜鼓的

铜鼓灵祠

帮助下，战胜了占巴人的进攻，后来他又成功地平定了国内的一次叛乱，故把这面铜鼓奉为神灵。铜鼓灵祠多次获得越南李朝和黎朝王室的敕封，国王颁发的诏书有的至今仍完好保存。古代，每年3月25日礼部都要派官员来此祠致祭，后改为4月4日。普通百姓则来此祠对王室表忠，对父母尽孝，誓词曰："为子不孝，为臣不忠，神明殛之。"（《大越史记全书》）时至今日，我们还看见这里张贴着某月某日将在这里举行聚会的告示。

铜鼓灵祠的意义，在于它用无可辩驳的事实证明铜鼓在古代越南的重要性。它像神灵，可以保佑越南获得战争的胜利。它又是号令三军、会盟天下的神器。越南人在铜鼓前立誓：对父母孝，对国王忠。铜鼓的这种神奇功用，大大超出了我们以往对它的认识和理解。越南人专门为铜鼓建祠，在中国西南乃至东南亚各国皆属罕见。

需要说明的是，越南在丁部领建立丁朝后才成为一个独立的国家。之后经历了前黎朝（980—1009），李朝（1009—1225），到了陈朝（1225—1400）才创造了自己的民族文字——喃字。喃字出现之前，都是使用汉字，所以铜鼓灵祠采用中式建筑，匾额对联使用汉字，也是情理中事。

在越南考察铜鼓，每有所得，喜不自胜。

2013年9月

印尼巴厘岛的宗教情结

　　我敢说，当今世界上很难找到一个地方，像印尼巴厘岛那样具有浓郁的宗教情结。一下飞机，巴厘岛给人的第一个印象就是神庙多。全岛面积5500多平方公里，人口300多万，却有神庙1200多座。

　　当你乘车由机场到巴厘的首府登巴萨，路途中你会惊奇地发现，这个岛上都是低矮的建筑，其高度一律不准超过路旁的棕榈树，这是当地政府做出的硬性规定。因此，房屋之间所有的空隙，都被绿树浓荫所填充。没有城市的繁华与喧嚣，分不清哪儿是城市，哪儿是农村。街道的路面很窄，仅够两辆对面开来的汽车擦肩而过。街道相交的十字路口，经常耸立着一些石雕神像，有印度教崇拜的正神，也有邪恶的精灵，这些神灵的造型，各自都具有强烈的性格特征，想象力十分丰富，既是雕刻艺术的精品，又营造出一种宗教氛围。

一部印度婆罗门教传播史

巴厘岛的历史，也是一部完整的印度婆罗门教在印度尼西亚传播的历史。婆罗门教是世界上最古老的宗教之一，发源于印度，它的出现早于佛教，没有创教人。经历吠陀时代、婆罗门时代后，婆罗门教于公元 8—9 世纪改称印度教。

早在公元前 2 世纪，婆罗门教就已经传入东南亚地区。东南亚各国地处中国和印度两大文明的交汇之处，不可避免地受到中、印两种文化的影响。有的国家受中国文化的影响比较大，如越南、新加坡等，形成中国文化圈；有的国家受印度文化的影响比较大，如柬埔寨、泰国、印尼等，形成印度文化圈。中国文化与印度文化的最大区别在于，中国文化以史官文化为传统，重历史、重现实，以人为本。它以儒家学说为指导，不言乱、力、怪、神。印度文化则以宗教为核心，崇拜超自然的神力，富于想象。

跟印度一样，整个印度尼西亚，古代几乎没有可以信赖的文字记载的历史，只有传说和神话。它们的历史，全靠从中国古籍中的一些零星记载中拼凑出一个大致的轮廓。公元 7 世纪苏门答腊岛上存在两个国家：一个是末罗瑜，在现今的占碑；一个是三佛齐，在今巨港。爪哇岛上有三国：西端为多罗摩国，中部为诃陵国，东部泗水之南还有一个王国。公元 671 年中国僧人义净前往印度求法时曾访问了苏门答腊岛上的两个国家，在这里停留了六个月学习梵文文法。公元 685 年义净从印度学成归来，在三佛齐待了四年，在那里翻译佛经。义净在其著作中说佛教和印度教在那里十分盛行。爪哇岛的印度化进程深刻地影响着与它毗邻的巴厘岛。大约在 1001 年，巴厘岛上出现了一个爱儿楞加王国，其国王爱儿楞加是巴厘岛国王和爪哇王后所生之子，由此开启了巴厘岛与爪哇之间政治文化上的亲密接触，这维持了三个多世纪。1478 年爪哇的满者伯夷王国被信奉伊斯兰教的谈目国所灭，大批信奉佛教、印度教的爪哇人逃往巴厘岛。从此，隔着一条几公里宽的海峡，两个岛对峙了几个世纪。

巴厘岛曾命名为"小荷兰"

16 世纪，荷兰人来到了印尼，巴厘岛的酋长和居民非常客气和礼貌地接待了第一批来访的荷兰探险者。但荷兰探险者们却垂涎这个小岛的美丽和财富，他们将巴厘岛命名为"小荷兰"，密谋将它置于荷兰的殖民统治之下。殖民者与反殖民者的斗争已不可避免，并演绎出许多可歌可泣的历史故事。如今，在巴厘的首府登巴萨市中心有一个很大的广场，称作普普坦广场，是为了纪念和表彰巴厘岛人民在敌我力量悬殊的情况下，不惜以"普普坦"（自杀）的方式来抵抗荷兰殖民者的英勇业绩。

举行普普坦仪式带着一些宗教色彩，但更多的是表现出巴厘岛人为国家民族而牺牲的视死如归的大无畏精神，场面壮观感人。

例如1894年荷兰人进攻龙目岛，巴厘岛人在弹尽粮绝的情况下，不是选择投降，而是无所畏惧地迎着枪林弹雨冲出来，直面死亡。酋长、贵族和平民都面无惧色，前仆后继，荷兰人为之丧胆。

又如1906年荷兰远征军在巴厘岛南岸登陆，一直打到登巴萨的王宫，只听见一阵猛烈的鼓声，宫门打开，走出一支沉默冷静的游行队伍。带头的是巴丹酋长，身着火葬时才穿的素衣，佩戴珠宝和短剑，坐在四人大轿上。背后跟着官员、嫔妃、子女和扈从，也同样身穿白衣，头戴花朵，仿佛去赴盛宴。当游行队伍来到荷兰远征军面前，突然停住，酋长走下轿，做了一个手势，身旁的祭司拔出短剑刺进他的心脏，接着所有的人纷纷用短剑自杀，尸积成山，血流成河。同一天下午，同样的情景在附近的省份又上演了一次。

民不畏死，奈何以死惧之？无论是在荷兰殖民统治时期，还是二战时日本人统治时期，巴厘岛人民都从来没有向外国侵略者屈服过，他们把民族主义情绪和传统的宗教文化巧妙地融为一体。宗教不仅是他们的信仰，而且已深入到他们的政治制度和生存方式之中。

1949年印度尼西亚联邦共和国成立，巴厘成为联邦之一。1950年取消联邦制，成立统一的印度尼西亚共和国，巴厘成为一个省。印尼中央政府实行宗教信仰自由的政策，巴厘因保存印度教的文化和信仰而成为一个比较独特的省份，而印尼的其他地方，由于伊斯兰教的扩展，印度教文化的影响已经被伊斯兰教文化的影响消融，几乎没有踪迹可寻。因此，独特的印度教文化使巴厘成为世界著名的旅游观光点。

迥然有异的神庙

外国游客来巴厘岛，首先是看这里的神庙。印度教的神庙不仅跟伊斯兰教的清真寺迥然有异，就是跟佛教的寺庙也有很大的不同。巴厘岛的印度教神庙不追求高大肃穆，反而是以乡间庭院

巴厘岛的印度教寺庙

的样式给人以亲近平和的感觉。神庙的大门称为坎迪班塔，庙门呈对开式，外观像被切成两半的塔。平民住宅的大门、机关学校的大门，也多采取这种样式。这几乎成了巴厘岛的一种标识，若不仔细辨认，外来的人一时难以分清哪是神庙，哪是住宅。

在进神庙参观之前，外国游客一定要换上当地人穿的筒裙。如果没有，旁边的小贩会租给你一块花布，拦腰围上，充当筒裙。租金 2 万盾，相当于人民币 20 元。

迈进神庙的第一座大门，是一处宽敞的庭院，其中散置着几个用茅草盖顶的凉亭，是准备供品的地方，亦是乐队练乐的场

巴厘岛寺庙的门

地，有时乡亲们也在这里斗鸡，这是当地流行的一种赌博和娱乐活动。

第二重大门叫帕杜拉沙，通常有两个凶猛的石雕巨人守护在两侧。进去是第二层庭院，里面有大殿、神龛和宝塔。大殿里供奉着印度教的石雕神像、珠宝、古老的手稿等，甚至连一些普通的石头也被当作宝贝供奉起来。这些东西本身的价值无关紧要，关键看它是不是神赐的。和佛教寺庙不同的是，印度教的神龛不放在大殿里，而是立于大殿外，因为它是来访神明的安坐之处，神龛前常放置着一些供品。印度教的宝塔称为梅鲁，造型奇特美观，重叠的塔檐用稻草铺成，渐次由大变小，直插天际。塔的层数常保持奇数，最高 11 层。神庙是举行宗教祭祀活动的场所。没有宗教祭祀活动的时候，神庙里冷冷清清，门可罗雀，遇上宗教祭典，则人山人海，煞是热闹。

宗教庆典

巴厘岛上实行的是宗教历法，宗教节日和庆典特别多。政府为了表示对宗教信仰的尊重和对各种宗教一视同仁，凡属重大的宗教节日都规定为全民的公假。所以，巴厘大概是世界上放假最多的地方。加之，印度教徒除了重大的宗教节日外，还有许多属于私人的祭祀活动，例如，从母亲怀孕到出生、满月、剃度、结婚等人生各阶段都要举行祭祀仪式，人死后的火化、奠祭仪式，不同种姓人的不同拜神仪式，等等。只要你在巴厘岛住上一段时间，你就会发现宗教祭祀活动十分频繁。哪个月里若没有几次宗教活动，那一定是发生了怪事。而这些宗教祭祀活动正是吸引外国观光客的亮点。外国人看巴厘岛人的宗教祭祀活动，就像翻开一本封尘已久的画册，它最吸引人的地方，在于在现实生活中演示了生动的历史。

我的朋友江连福先生亲自驾车带我去看了另一处巴厘岛原住民居住的村落，计四五十家人，用围墙围起来，进去参观要买门票。围墙里面有如一个原始公社，男人赤裸上身，女人身着筒裙，用一块布遮住上身。他们三五成群地聚集在一起，显得有些无所事事，听由观光客摄像、拍照。围绕着公众集会的大广场，是每家每户的住宅，宅门依旧像两半剖开的塔，门口摆放着石雕神像。家里摆放着老式织布机，主人向游客推销自制的蜡染布，也有的卖旅游工艺品。

江先生的老家在巴厘岛北部的山区，他虽是华裔，却从小和印尼人生活在一起。他家很穷，青少年时代吃过不少苦头，后来创下一份家业。现在他在老家还有一个庄园别墅，每逢周末我都喜欢随他一起到乡下住。他的园子里种满蔬菜水果，养着鸡鸭。他还专门建了两幢楼房，招引燕子来筑巢。楼房的墙壁上凿了几个孔，屋里黑漆漆的没有光线，营造出山洞一样的气氛，燕子误认为是山洞，成群地飞进去栖息，早上又飞到海面上觅食。他家仅靠采燕窝一项，每年就有上万美元的收入。他雇了两个当地的青少年帮他看管园子，还供他们上学。大概是受江先生影响的缘故，这两个小男孩没有像当地人那样选择信印度教，而是信仰佛教。每天晚上做完该做的事后，他们就去附近的佛寺念经，非常自觉，不用人督促。

我有机会参加了一次村里组织的佛教活动。那是 5 月 24 日佛诞节，是佛教的一个重大节日。之前很多天，村里的头面人物就召开了筹备会，江先生应邀参加。到了那天，江先生的穿着比平时认真，我也不敢像平常那样随便。我们没有吃晚饭就去参加活动，因为那里管饭。我们去到寺庙一看，已经聚了好几百人，大家都穿着民族盛装。尤其是女人们打扮得格外娇媚，短袖绸衫配上裹得很紧的筒裙，衬托出她们苗条的身材，脸上化了妆，涂抹了胭脂口红，头饰、耳环、项链、手镯……该戴的统统戴了出来，就像相互之间进行攀比一样。江先生忙着和熟识的人打招呼，并把我介绍给各位。之后，我们被安排去吃饭。饭桌上摆满用棕榈叶和芭蕉叶盛放的各式甜品小吃，此外还有红米饭、炒面和丰富的菜肴，每位来宾皆可免费享用大餐一顿。因此，来宾不仅有佛教徒，也有印度教徒。印度教的甘美朗乐团还受到特别的款待，因为他们要演奏音乐。晚餐结束后，宗教活动正式开始。佛教的仪式比印度教似乎简单多了，先是由僧侣诵经，接着村主任和佛教协会的负责人讲话，之后表演文艺节目，演员是村里的青少年，自编自演，整个活动像开了一场派对。

西方文化如潮涌来

巴厘岛农村的生活是平静而和平的。人与人和谐相处，人与自然也和谐相处。我看到在巴都尔火山附近，一排排人工开垦的梯田，依着山势，像一幅风景画卷似的舒展开来。黄灿灿的稻穗，绿油油的青草，翠生生的竹子，蓝湛湛的火山湖，火红火红的野山花，把这幅画卷晕染得色彩斑斓。火山高1700多米，20世纪曾爆发过4次，最近一次爆发的火山口如今还在冒着白烟，随时都有再爆发的危险。可是这里的村民依旧怡然自得地生活着，没有恐慌，没有害怕，没有世界末日的感觉，照旧日出而作，日落而息。路边的沟渠，流淌的是从地下冒出的温泉，村民们在这里洗澡，他们毫无顾忌地让自己回归到大自然中。

在登巴萨市区，由于外国游客的不断增多，西方文化也像潮水般涌进。酒吧、咖啡厅、西餐馆等随处可见，海滩上也躺着许多身着比基尼的外国女郎，当地人称他们为"洋猫"，她们的性感成了当地一道风景线。外来的西方文化和当地的文化发生了碰撞和融合，但大多数巴厘岛人还是保持着他们传统朴素的生活方式。

当然，巴厘岛并非与世隔绝的桃花源，有时也会发生预想不到的事故。2002年10月12日夜里，位于库塔海滨的萨里俱乐部发生爆炸，造成202人死亡。这是典型的恐怖主义袭击，凶犯被绳之以法。如果你把这个事件理解为单纯的文化冲突，那就大错特错了。此事背后固然有文化和宗教的因素，但起决定作用的是政治和经济方面的利益之争。它的主要矛头是对准西方人，而不

巴厘岛的民居

是对准信奉印度教的巴厘岛人,不幸的是很多巴厘岛人成为无辜的受害者。如今,爆炸的地方仍保存着一块空地,空地对面修了一个小小的纪念碑,上面镌刻着受害人的国籍和姓名。不时可以看到有人来到这里献上一朵花,或是放置几个用棕榈叶和芭蕉叶包裹的供品。

巴厘岛人以平和的心态对待所发生的一切不幸,因为他们有一颗容忍与宽大的心。一切都已经过去,巴厘岛海滨依旧游人如织。

2006 年 1 月

巴厘舞蹈的风情

　　举行祭祀典礼的时候少不了音乐和舞蹈。印度尼西亚巴厘的音乐具有不同凡响的独特韵味，被称为甘美朗乐。乐器的构成以铜鼓、铜锣、木琴等打击乐器为主，很少有管弦乐器。乐团的主要乐器是两面鼓，男用的那面鼓比女的略小，鼓手控制乐曲的速度节奏，击鼓的方式为用手或木槌交替使用。甘美朗乐演奏的原则是，高音域乐器演奏的频率比低音域的乐器高，锣鼓定出乐曲的基调，其他乐器再以昂扬的乐声加入，与之和声共鸣。演奏的时候，乐团成员一律身着民族服饰，男人留着八字胡须，头戴一种特别的船形小帽。甘美朗乐主要是为舞蹈配乐，单独的演奏并不多见。

　　和所有受印度宗教文化影响的国家和地区一样，巴厘的舞蹈从一开始就是为了酬谢神和传达神的信

息。考古发现证明，很
早的时代就出现了湿婆
正在跳舞的神像造型。
婆罗门经典教义也说，
湿婆用舞蹈节奏来控制
世界和表达他的旨意。
所以舞蹈的产生同宗教
有密切的联系。就像在
祭祀典礼上离不开食物
供品一样，祭祀典礼上

演奏甘美朗乐

也少不了舞蹈表演。巴厘的舞蹈品种繁多，不同的场合跳不同的
舞蹈。几百年来演的都是印度史诗《罗摩衍那》和印尼流传的神
话传说，所以舞剧一开锣，观众就知道剧情，然而他们仍旧百看
不厌。究其根源，观众的热情来自他们的宗教情结，他们知道，
舞蹈表演作为宗教祭祀的一个组成部分，主要目的是为了酬谢神
和娱乐神，只要神感到满意就好，一般人只是借此机会自娱。他
们不会很紧张地等待故事下面的情节，也不会因为舞剧只演一个
片段而遗憾。他们泰然自若地欣赏着舞蹈者的表演，每一个身
段、每一个眼神、每一举手投足，都表达着一种特殊的内涵。舞
蹈者的眼睛会说话，手指手腕会说话，肢体动作也会说话。舞者
和观众、舞者和"神灵"、"神灵"和观众，皆通过优美的舞姿和强
烈的音乐节奏来进行心灵的沟通，从而达到"天人合一、人神合

一"的境界。舞蹈表演最扣人心弦的莫过于桑扬舞的表演，舞者随着舞蹈节奏的加快，如醉如痴，近乎疯狂，待"神灵"附体，达到高潮，整个会场随之沸腾起来。

祭祀的贡品，可以说是巴厘饮食文化的大展示。品种繁多的热带水果，是敬神的首选供品。除常见的葡萄、香蕉、阳桃、番石榴、芒果、木瓜、山竹、榴梿外，还有我们很少有机会见到的乌沙、蓝布坦、希沙克、南卡等。这些奇妙的水果形状各异，味道独特，若非亲口尝试，靠别人用言语描述是很难有深切体会的。600多年前随郑和下西洋的费信在苏门答腊岛曾经见到一种水果，他在其著作《星槎胜览》里这样描述道："有一等果皮若荔枝，如瓜大，未剖之时，甚如烂蒜之臭，剖开取囊如酥油，美香可口。"我这次到巴厘岛，才知道他说的这种水果原来是波罗蜜。

巴厘的点心也很奇特，多用米浆或糯米做成，掺以椰汁、果脯、树糖、花生、香料或咖喱粉，味道香甜而辛辣。盛点心的容器是用棕榈树叶或芭蕉树叶折叠成的碗盘。敬完神后可将食物带回家大快朵颐。

在巴厘人看来，神也和常人一样要食人间烟火，而且在享用食品的过程中，能够体察贡献者的良苦用心，知道他们的愿望和诉求，并根据他们敬献食品的多寡和虔诚程度来决定是否给予他们庇佑。可见等价交换的原则，无论是神界或凡间都一样适用。神还有正神和邪灵之分。正神是人类的主宰和靠山，他可以帮助和解救人类；邪灵则专门给人类捣乱，给人带来疾病和灾难。因此，贡品也分二等。献给正神的食品制作精美，必须小心翼翼地摆放在寺庙的神坛上，在香炉里点上香，让袅袅香烟将信息送达天庭，报给神明知悉。守候一旁的祭司口中喋喋不休地念诵经文，恭请神明纡尊降贵，从天上降临庙里，附身于名叫"普拉提玛"的塑像。神的塑像本身并没有神力，只有当神附身塑像后，塑像成了神的临时媒体，才显神通。一旦神离开塑像，塑像便仅仅是塑像。这跟佛教为佛像开光是同一道理。献给邪灵的贡品就简单多了，随便摆在地上，任他取食，因为人们对他的要求不高，只求他别来捣乱就行。

祭神的仪式隆重庄严。神殿里旗幡高悬，还挂着许多传统的图画，以宣传宗教教义为主要内容，是宗教的图解和形象化，对于识字不多的普通民众有很大的帮助。普拉提玛神像安放在神龛之中，周围布满鲜花。信众穿戴整齐，依次献上贡品，祭司向他们洒水祝福。祭祀活动气氛热烈，香烟缭绕，人头攒动。女人们身着色彩艳丽的盛装，戴上所有的金银手镯和头饰，既是向神明献媚邀宠，也为着在女人中相互攀比；孩子们在人群中穿梭嬉戏，不时偷吃大人带来的贡品；男人们抬起神龛，在甘美朗乐队演奏的乐曲声中列队游行至海边，为神像行沐浴礼。一路上，鼓乐齐鸣，载歌载舞，欢声不断，颂诗不绝。

神殿里，灯火通明，女人们闻歌起舞，在舒缓的乐曲声中跳起潘戴特舞。她们并非专业舞者，而是普普通通的妇女，没穿舞裳，也没化妆，在她们心中，舞蹈本身就是奉献给神明的贡品。

在婆罗门教祭祀仪式中，还有许多匪夷所思的表演，用科学无法解释。在泰国，我曾亲眼看见有人赤脚在炽热的炭火上行走，也有人用铁签从嘴颊穿过而不流血疼痛。另外据史书记载，古代婆罗门教曾叫人把手伸入沸腾的油锅，作为断案的手段，若不被烫伤，则证明无罪。凡此种种，皆让我百思不得其解。

巴厘的街市保持着古朴的风格，道路两侧绿树成荫，房屋的高度不准超过树梢。每个十字路口都有神祇塑像，如湿婆、毗湿奴、大象神等，神态各异，活灵活现。街面的店铺出售各种神像，有泥塑，有铜铸，有木雕，堪称艺术精品。我买了一个猴王阿奴曼的木雕面具，阿奴曼系印度史诗《罗摩衍那》里的主角，还买了两尊木雕神像，一男一女，头戴金冠，身着印尼民族服饰，下身则呈鱼尾形状，不知是何方神圣，打包带回国，挂在家里的墙上。

巴厘之行，加深了我对婆罗门教的认识。以婆罗门教为代表的宗教文化建立在天马行空般想象的基础上，神思驰骋，想象出多姿多彩的神及神的世界。他们认为神是万能的，无所不在的，超越时空和永恒的，人生的价值就在于追求永恒，达到"人神合一"。再者，宗教文化以宗教为核心，宗教起着支配一切的作用：人们为宗教而活着，文化因宗教而产生，美术雕刻是宗教的图解，音乐舞蹈则是为了酬神和传达神的信息。因此，凡有宗教活动都少不了唱歌跳舞。

2006 年 2 月

洛坤大金塔记

名山寺塔，古往今来的墨客骚人留下了不少的传世佳作，其中最受推崇的莫过于北魏杨衒之的《洛阳伽蓝记》。书中记述当年洛阳城中有寺 1367 所，"金刹与灵台比高，广殿共阿房等壮"，读罢不禁让人掩卷长叹。

我到泰国以后才发现，当今泰国社会佛教之盛行，超过中国的魏晋南北朝时期。据统计，截至 1992 年底，全泰国共有寺 29322 座，且每年还呈递增之势。泰国的国土面积有 513100 多平方公里，相当于每 100 平方公里的面积内就有将近 6 所寺庙。这种情况并非始于今日，推溯至古代亦是这样。《新元史》记述 13 世纪以清迈为中心的八百媳妇国时说："好佛恶杀。每村立一寺，每寺建塔，约以万计。有敌人来侵，不得已举兵应之，得其仇即止。

俗名慈悲国也。"

因此,寺塔成为泰国的象征和国粹。凡是来泰国的外国人,倘若不去参观寺塔,便算不得真正到过泰国;倘若不了解寺塔,便是不了解泰国。

泰国人称佛寺为"哇"(Wat),称神祠为"讪昭"(San zhao)。泰国的佛寺神祠虽有近3万座,但建筑格式基本上沿袭一种样式:人字般倾斜的大屋顶,或单层,或多层重叠,翼檐飞翘,鸱尾高挑。无论坐落何处,人一眼便能识别出是泰式寺庙,而不是其他什么寺庙。

在泰国,每村建一寺,此话一点没有夸大的成分。从古至今,再穷的村也得集资盖一座寺庙。寺庙便是这个村的政治、经济和文化中心。每有大事,便于寺谋议,村民的红白喜事皆在寺中举行,孩童的教育,亦交寺里解决,由和尚教他们读书识字。

至于每寺盖一塔,也是非常合乎情理的。因为有寺便有和尚,有和尚便有和尚的圆寂。塔作为存放佛陀或僧侣的舍利或骨灰的坟冢,无论如何是少不了的。每寺起码建一塔,有的多达若干座。寺与塔总是联系在一起的,然而寺与塔孰先孰后?这个问题如同先有鸡还是先有蛋一样,永远分不清。

泰国人称塔为斋滴,泰国的塔不像寺那样式样单一,而是按不同的历史时代,受不同民族文化的影响,归为不同的类型,计有三佛齐式、堕罗钵底式、吉蔑式、素可泰式等。造型各异,千姿百态。

佛门传说，佛祖释迦牟尼涅槃之前曾留下遗嘱说他的坟冢应该这样建：下面敷以袈裟，上面盖上铁钵，再把锡杖插在顶上。这样便构成我们现在所常见的塔的基本形状，即由袈裟般的塔基、覆钵般的塔身、锡杖般的相轮三个部分组成。这个传说的可信程度如何，现已无法考证。或许是后人根据塔的形状，才编撰出佛祖遗嘱的传说，也未可知。

　　根据中国文献的记载，塔随佛教传入中国后立即转化为中国楼阁式的高层建筑，起初都是木塔，后才改用砖石建造。《洛阳伽蓝记》描述熙平元年（516年）灵太后胡氏所立永宁寺"中有九层浮图一所，架木为之，举高九十丈。有刹复高十丈，合去地一千尺。去京师百里，已遥见之。……刹上有金宝瓶，容二十五石。宝瓶下有承露金盘三十重，周匝皆垂金铎。复有铁锁四道，引刹向浮图四角；锁上亦有金铎，铎大小如一石瓮子。浮图有九级，角角皆悬金铎，合上下有一百二十铎。浮图有四面，面有三户六窗，户皆朱漆。扉上有五行金铃，其十二门二十四扇，合有五千四百枚。复有金环铺首。殚土木之功，穷造形之巧，佛事精妙，不可思议，绣柱金铺，骇人心目。至于高风永夜，宝铎和鸣，铿锵之声，闻及十余里"。可惜永熙三年（534年）一场大火，把这幢木塔化为灰烬，只留下一个传颂千古的富丽奢华的虚名。

　　在泰国众多的寺塔中，恐怕只有洛坤大金塔富丽奢华的程度，可以和洛阳永宁寺塔媲美。洛坤大金塔坐落在泰南重镇洛坤城内帕波罗麻他寺里，砖石砌成，高70米，底座直径23米。塔

洛坤大金塔

顶相轮部分完全用金箔包裹。顶尖是用珍珠玛瑙串成的花瓣，以下每隔一段距离都镶嵌红绿宝石。在阳光照耀下，璀璨夺目，金光闪闪。

洛坤大金塔建于何时，史无明载。泰国不像中国，每一典章文物皆有文献可考。中国自春秋以降，就有专门记事的史官，几千年的中国历史皆有准确清晰的记载。因而我们知道河南登封市的嵩岳寺塔建于北魏正光四年（523 年），是中国现存最古老的砖塔；西安的大雁塔建于唐代，高僧玄奘曾住在这里译经；大理崇圣寺三塔建于南诏丰佑时期；等等。

泰国文字始创于 13 世纪素可泰王朝兰甘亨王时期，此前的历史无泰文记载，只能从中国古代文献中寻觅出一些端倪。根据洛坤大金塔内包容着一座三佛齐式的小塔这一事实，推断该塔大约建于 10—13 世纪。那时洛坤称为单马令国，臣属三佛齐国。

宋赵汝适的《诸蕃志》说到单马令国的情况："单马令国，地主呼为相公。以木作栅为城，广六七尺，高二丈余，上堪征战。国人乘牛，打纂跣足。屋舍官场用木，民居用竹，障以叶，系以藤。土产黄蜡、降真香、速香、乌楠木、脑子（即龙脑香）、象牙、犀角。番商用绢伞、雨伞、荷池缬绢、酒、米、盐、糖、瓷器、盆钵、粗重等物，及用金银为盘盂博易。日啰亭、潜迈、拔沓、加罗希类此。本国以所得金银器，纠集日啰亭等国类聚献入三佛齐国。"

从上面所引的这段记载可以看出，当时洛坤的社会经济尚不发达，人民生活朴素简陋。但即使在这种情况下，仍挪出许多钱财修建寺塔，足见礼佛之虔。

我们去到洛坤瞻仰大金塔的时候，正好碰上金塔大修，由泰国艺术厅组织专门的施工队，将塔上的金箔一片片揭下来，重新修补拼缝。工场设在庙里，由持枪士兵守卫，戒备森严。我们获得特许，进到工场参观，工作人员解释说，相传塔上有金400公斤，实测的结果是57公斤。强调这点很重要，以免将来留下话柄。由于年代久远，海风咸雨侵蚀，金箔表面光泽暗淡，现经人工打磨，重放光芒。

在工场里，我们还看到从金塔上取下来的许多宝石，有红宝石、蓝宝石、钻石和祖母绿，真所谓"备天地之神奇，尽人间之赤彩"。这都是善男信女们捐赠的。有的宝石镶成戒指，可能是他们的结婚纪念品，也可能是他们一生中唯一贵重的私产，最后亦毫不吝惜地献给佛门。看到这里，使人动容，深感信仰所产生的巨大精神力量，能叫人摩顶放踵，生死以赴，更何况身外的区区之物。

跨出寺门，正值骄阳当空，暑气熏蒸。仰视数十米高的脚手架上，工人们正挥汗如雨地工作。遥想当年初建大金塔时，何尝不是这样，只怕条件更为艰辛，这塔不知凝聚了多少代人的心血。想到这里，才理解洛阳永宁寺塔被大火焚烧时，何以三位比丘甘愿赴火，与塔同焚。后来又有人"见浮图于海中，光明照耀，俨然如新，海上之民咸皆见之。俄然雾起，浮图遂隐"，这虽然是海市蜃楼的幻觉，但隔海相望的洛坤树起了一座大金塔，却是不争的事实。失之东隅，收之桑榆，两者之间，该不会有什么联系吧？

海风吹动洛坤大金塔上的风铃，响起叮叮咚咚的声音。其声悦耳，其音清越，好似一位年迈长者，在娓娓叙述很久很久以前的历史掌故……

1995 年 9 月

巴真武里的菩提树

　　据最近一期泰国旅游杂志介绍，位于泰国东南部的巴真武里府有一大菩提树县（即诗马哈菩县），大菩提树县里有一大菩提树寺，大菩提树寺里有一株古老的大菩提树，迄今已有 1000 多年，最初是作为佛教圣物从印度移植来的。这个介绍引起了我极大的兴趣，遂借一个假日，驾车从曼谷出发，行程 200 多公里，去拜谒这株古老的菩提树。

　　拜树如拜神。在 2500 多年前，佛祖还没有诞生，佛教尚未兴起，那时候的人类，普遍信奉着一种万物有灵的原始宗教。山有山魈，水有河伯，家有灶君，树有树神，一切东西，凡年代久远，皆会化为精灵。与其得罪它们，不如敬奉它们，于是便产生了崇山敬水、祭灶拜树的风俗。这种万物有灵的宗教观一直沿袭至今。在泰国我们随处都可以见到年近百龄的老树，不论是榕树、樟树、槐树或是柚木树，都有人在树干上围上黄绸，顶礼膜拜。然而，只有对菩提树的崇拜，才跟佛教挂得上钩，因为佛教的创始人释迦牟尼是在一株菩提树下悟道成佛的，菩提树成为佛教的标志，正像耶稣受难的十字架是基督教的象征一样。

所以，拜菩提树即是拜佛。

当我风尘仆仆赶到巴真武里府大菩提树寺的时候，我不禁瞠目结舌，我从未见过这样高大的菩提树，搜肠刮肚也找不出恰当的词句来描述它，只得借用唐朝诗人史俊的佳句来描述："结根幽壑不知岁，耸干摩天凡几寻。"

这株老菩提树因年深日久，主干分捻成丛，需十多人张开双臂才能将其合围。枝干虬龙，显示出它的苍劲古朴，而嫩叶新枝，又展示了它的勃勃生机。特别是在烈日高照的时刻，走进树荫之中，一股清凉之气自脚下升起，焦热烦躁顿然尽消，心一下子静下来。席地趺坐，闭目静思，顷刻便能入定。所有的欲念，所有的妄想，所有的痴嗔，都统统烟消云散，心中感到一种从未有过的轻松与圣洁……

啊，这大概就是佛悟道时的感觉。

菩提树的梵音是毕钵罗。从植物分类学的角度来说，菩提树属桑科，常绿乔木，高达十数丈，花隐藏在花托中，果实圆形。因"菩提"是"觉悟"的意思，故称毕钵罗为菩提树。中国唐代高僧玄奘在其著作《大唐西域记》里曾提到印度的这株菩提树：

"金刚座上菩提树者，即毕钵罗之树也。昔佛在世，高数百尺，屡经残伐，犹高四五丈。佛坐其下成等正觉，因而谓之菩提树焉。"

我记起有一次在曼谷普门报恩寺，听该寺住持、华僧大宗长仁得上师讲过这样的话："佛陀二字叫作觉悟者。能够自觉彻悟一切道理，再让他人觉悟，叫作觉他。觉到道理彻底圆满，叫作觉满，也叫三觉圆融的圣者，即是佛陀。所以说佛在我心中，人人皆可立地成佛。"

经仁得上师这么一指点，我才豁然开窍。佛教是一种富有智慧的宗教。佛教徒的修持过程，可以归纳为发菩提愿，立菩提心，修菩提道，最终达到阿耨多罗三藐三菩提的境界。所谓发菩提愿，就是发誓皈依佛法僧三宝；立菩提心，就是上求佛道，下化众生；修菩提道，就是遵从佛门戒律；阿耨多罗三藐三菩提就是无上等正觉，也就是最彻底的觉悟。由此可见菩提一词在佛学里的重要性——菩提就是觉悟，就是佛。

假设一个人果真达到大彻大悟的境界，该是何等自在洒脱，何等无羁无绊，何等轻松自由，超然于时空之外。然而达到这一步毕竟是很难的。

到过印度的一位朋友讲，在佛陀悟道的鹿野苑，那株庇荫佛悟道的菩提树依然存在，虽不是原株，但系原株的衍生。因为在佛祖涅槃后300年，佛教徒把那株菩提树的枝条截取一段作为佛门圣物，送到锡兰栽植。而后若干年，佛教在印度本土逐渐式微，那株菩提树也遭雷击而亡。这对印度的佛教徒来说不啻是一次劫难。幸好印度有一个以恢宏佛教为宗旨的"摩诃菩提协会"，不远万里从锡兰的那株菩提树上再截取一枝，拿到鹿野苑原株位置上栽插，如今又长成一片蓊郁。

我想，眼前巴真武里府的这株千年菩提，既是1000多年前由鹿野苑的菩提原树上截枝插活的，当比现今鹿野苑的菩提新树资历辈分更老，也更高大繁茂。换句话说，现今佛教在泰国的盛行程度，大大超过其发源地印度。泰国几乎是举国信佛，上自王室、政府总理和各级官吏，下至庶民百姓，无不顶礼拜佛。不了解佛教，便不能了解泰国。泰国宪法规定，国民拥有民主权利和言论自由，可以批评任何政党和政府官吏，唯独不能诋毁国王和佛教。

坐在千年菩提的树荫下，我闭目遐想，思绪神驰。猛然睁开双眼，见一位黄衣沙门持一把扫帚打扫地上的落叶。他的扫帚在地上不停地扫着，不疾不徐。他明明知道，今天扫完了落叶，明天还会有，明天扫完了落叶，后天还会再有，但他一点不气馁，一点不抱怨，而是持续不断地完成着每日的功课。他似乎懂得，一个人的生命跟千年菩提树相比，实在渺小得很，所以怡然自得地过着"扫叶林风后，拾薪山雨前"的生活。

我很想跟这位扫落叶的沙门聊几句，又怕打破周围鸦雀无声的寂静，便将到了嘴边的话强忍下肚。蓦地，我又记起中国佛教史上一桩关于菩提树的公案：

禅宗五祖弘忍大师为求传衣钵者，令门下弟子各作一偈。其大弟子神秀作一偈曰："身是菩提树，心如明镜台。时时勤拂拭，勿使惹尘埃。"而在柴房舂米的慧能另作一偈说："菩提本无树，明镜亦非台。本来无一物，何处惹尘埃。"结果五祖将衣钵悄悄传给慧能。后来慧能在岭南创南宗禅，神秀在北方立北宗禅。一般人都推崇慧能，唯武则天支持神秀。

我不敢妄论南北二宗的是非，只是觉得慧能的境界太高，我们沾不上边。倘若真能做到如神秀所说的身是菩提树，也就算难能可贵了。你看这株千年古菩提，伟岸挺拔，临风婆娑，其仙风道骨，足堪羡煞人也。

就在我独自一人在菩提树下天马行空地胡思乱想的时候，隐隐觉得腹中饥饿了，必须找点东西来吃，同时又牵挂起尚未做完的工作，甚至想到许多俗念和烦恼。我自知自己毕竟是一个凡夫俗子，不是成佛的料，遂钻进汽车，重返车马喧嚣的曼谷。

1996 年 12 月

剃 度

早就听说泰国有这样的习俗,男子到了成年,都要剃度出家当一段时间的和尚,用这个办法来替父母积德,以报答父母的养育之恩。剃度仪式跟结婚大典一样,是人生难逢的几桩盛事之一,只可惜我在泰国待了好几年,一直都没有亲眼见过人家剃度。

机会终于来了。我的同事文翠老师告诉我,她的侄子将在春节前剃度,问我是否愿意参加其剃度仪式。我当即表示十分乐意。不过文翠老师说,要起早,五点半起床,六点钟出发。尽管假日的早晨我总喜欢多恋一下床,但为了目睹这次剃度,我还是一咬牙说:"行,没问题。不过你最好在五点半时给我打个电话,免得我睡过了头。"

就这样,当天天刚麻麻亮,我们便驾车起程。

"东方欲晓，莫道君行早。"我们的汽车刚从华侨崇圣大学约瑟分校开出来，便看到满街都已是汽车和人群。这一带原是曼谷的成衣批发市场，来自各地的零售小贩都从这里趸货去卖。入夜他们就来，五更即开早市，日复一日，无限循环，在勤奋的买卖经营中讨生活。佛经则称之为芸芸众生，或者说是亿万粒恒河河沙。虽然他们很普通，并不起眼，但我对他们却有一种发自内心的感佩。

我们来到吞武里城郊的一座寺庙，也就是文翠老师的侄子剃度之处，它跟泰国各地所能见到的千百座寺庙一样普通，所以我连寺名都没有打听。

我们的汽车驶进山门，然后泊在树木荫翳的草坪上。

下车一看，真是"曲径通幽处，禅房花木深。山光悦鸟性，潭影空人心"。与古代不同的是，这里的禅房，乃是一幢幢小别墅，雅致气派，完全似乡绅的居所。台阶上，闸上有一道栅栏门，以防猫狗闯入。地面擦洗得很干净，光可鉴人。门开后，走出一位老和尚，体态雍容，气色极佳。他趁早晨空气新鲜，到园子里遛弯儿，活动一下筋骨。在他开门的一刹那，我瞥见了屋里的简单陈设，一个小沙弥正在屋里替他打扫卫生。禅房的右侧搭着一个凉棚，凉棚下停着一辆小轿车。

在佛堂里，剃度者的至亲好友来了一二百人，多数是女性，男人寥寥。她们盛装跣足，淡施脂粉，像过节一样，彼此亲热地寒暄。剃度者的母亲，满脸堆笑，站在佛堂门口，恭迎来客。一些来帮忙的人充当服务员的角色，给来宾递送饮料和冰水，不一会儿，又端来肉粥。客人们席地而坐，津津有味地吮食着。

环视这些来客，多属小商贩阶层，说不定其中有几位就是经营成衣生意的。若不是今天有剃度仪式，他们准会同往常一样在成衣市场忙活，就像清晨我遇过的那些人。好在他们对此仪式十分注重，让他们能够心安理得地坐在这里，不惜时间的浪费，不怕金钱的损失，悠闲自得地品尝肉粥。

剃度仪式的主角来了，是一名极普通的二十来岁的青年。他的头发其实已经剃光，穿着一套镶着金边的白袍，颈上挂着二三根小手指般粗的金项链，大概是长辈送给他的剃度纪念物。

剃度仪式正式开始了。主持仪式的大和尚在一个高木椅上结跏趺坐，受戒的小和尚跪在地上。一通钟鼓之后，开始诵经。大和尚念一句，小和尚跟一句，念的是梵音，俗人不解其意。

诵经毕，大和尚对小和尚训示。这次讲的是泰语，我大致听懂了，意思是叫小和尚遵守佛门戒律，潜心修习。

说到戒律，泰国的小乘佛教比中国的大乘佛教宽松得多。泰国的僧侣不但可以食荤，剃度时也不必在头顶上烙戒疤。不过，泰国的和尚不吃晚饭，太阳落山以后便水米不沾。刚剃度的小和尚开始不习惯，偷偷溜回家去吃晚饭，师傅知道亦不责怪。

随着泰国社会的开放和西方文化的东渐，传统习俗正面临着冲击和挑战，年轻的一代，愿意剃度的人已经不多。曼谷闹市，举目所见，都是打扮入时的牛仔哥和牛仔妹。因此，和尚师傅对文翠老师的侄子自愿剃度大加赞赏。剃度的时间虽然只是短短的三个月，却可得到系统的宗教训练和传统文化的熏陶。

大和尚训示完毕，小和尚对着师傅磕三个响头。

大和尚离座而去，小和尚跟家人在佛像前摄影留念。

先是小家庭，与父母兄妹合影一帧；继而是大家庭，加上祖父祖母、外公外婆及姑妈姨妈一起照相；最后是远亲近邻一齐合拍，竟达数十人之众。由此可见，一个家庭细胞的裂变，可以产生若干个家庭。反之，追本溯源，天下之人，原是一家。此话一点不假。

接下去的程序是，所有参加剃度仪式者排成长队，沿顺时针方向绕寺游行三匝。游行队伍的前面打起了华盖和旗幡，新剃度的小和尚被大家众星拱月般地簇拥着。二三十名年轻女子，各捧着一份斋僧的礼物——一个金属钵，盛着牙膏、肥皂、洗衣粉等日常生活用品，插一束纸花，纸花上粘着两张一百铢的新钞票。其余的人尾随在后。突然，一位男士引吭高喊"哎——"，女士们齐声应道"哟——"，一呼一应，此起彼落，气氛顿时活跃起来。

游行过程中我才发现，围绕着佛堂的矮墙，原是存放死人骨灰的地方。每个墙垛有一小龛，盛放一位死者的骨灰，然后封闭起来，贴有照片，注明姓名及生卒年月。僧侣的骨灰也跟俗人一样存放于此。

呜呼，三千大千世界，亿万恒河河沙。而每一个小龛，便是一粒河沙的永久归宿。

　　游行结束，女子们将斋僧的礼物置于殿中，供和尚们受用。新剃度的小和尚则站在台阶上，向参加游行的群众撒钱。一枚枚金光闪闪的硬币，叮叮咚咚地落在地面，似天女散花。大家弯腰去抢钱，我也拾得几枚，据说能带来吉祥。

　　中午，主人在寺中大宴宾客。一辆卡车运来炊具和桌椅，临时请来的厨师忙着张罗。文翠老师再三劝我留下吃饭，我因要赶回曼谷参加泰国研究会一月一次的聚会，只得匆匆道别。没能参加他们的乡村宴会自然是件憾事，但我毕竟亲眼见到了剃度仪式，也就该知足了。

1995 年 2 月